虚ろなるレガリア

03

All Hell Breaks Loose

三雲 岳斗
MIKUMO GAKUTO

[絵] 深遊
MIYUU

ENRIQUETA BERITH
ANDREA BERITH

CHARACTER
京太
Kyouta
凛花
Rinka
鳴沢八尋
Narusawa Yahiro
蓮
Ren
希理
Kiri
ほのか
Honoka

絢穂
Ayaho
瑠奈
Runa
侭奈彩葉
Mamana Iroha

CHARACTER
相楽善
Sagara Zen
清滝澄華
Kiyotaki Sumika

風の竜の巫女
イラ
舞坂みやび
Maisaka Miyabi
風の竜の不死者
イラ
山瀬道慈
Yamase Douji

ジュリエッタ・ベリト
Giulietta Berith
ロゼッタ・ベリト
Rosetta Berith
GALERIE BERITH

アンドレア・ベリト
Andrea Berith
ジュリエッタや
ロゼッタのような
欠陥品との違いを
見せてやれ！
エンリケッタ・ベリト
Enriqueta Berith

03
All Hell Breaks Loose

THE HOLLOW REGALIA

The girl is a dragon.
The boy is the dragon slayer.

暴かれる過去

虚ろなるレガリア
THE HOLLOW REGALIA

STORY／CHARACTER

——日本という国家の滅びた世界。

龍殺しの少年と龍の少女は、日本人最後の生き残りとして、廃墟の街“二十三区”で巡り会う。

それは八頭の龍すべてを殺し、新たな“世界の王”を選ぶ戦いの幕開けだった。

ギャルリー・ベリト

欧州に本拠を置く貿易商社。主に兵器や軍事技術を扱う死の商人である。

自衛のための民間軍事部門を持つ。出資者はベリト侯爵家。

鳴沢八尋
Narusawa Yahiro

不死者

龍の血を浴びて不死者となった少年。数少ない日本人の生き残り。隔離地帯『二十三区』から骨董や美術品を運び出す『回収屋』として一人きりで生きてきた。大殺戮で行方不明になった妹、鳴沢珠依を捜し続けている。

侭奈彩葉
Mamana Iroha

魍獣使いの少女

隔離地帯『二十三区』の中心部で生き延びていた日本人の少女。崩壊した東京ドームの跡地で、七人の弟妹たちと一緒に暮らしていた。感情豊かで涙もろい。魍獣を支配する特殊な能力を持ち、そのせいで民間軍事会社に狙われる。

伊呂波わおん Iroha Waon

ジュリエッタ・ベリト
Giulietta Berith

天真爛漫な格闘家

武器商人ギャルリー・ベリトの執行役員。ロゼッタの双子の姉。中国系の東洋人だが、現在はベリト侯爵家の本拠地であるベルギーに国籍を置いている。人間離れした身体能力を持ち、格闘戦では不死者であるヤヒロを圧倒するほど。人懐こい性格で、部下たちから慕われている。

ロゼッタ・ベリト
Rosetta Berith

冷徹な狙撃手

武器商人ギャルリー・ベリトの執行役員。ジュリエッタの双子の妹。人間離れした身体能力を持ち、特に銃器の扱いに天賦の才を持つ。姉とは対照的に沈着冷静で、ほとんど感情を表に出さない。部隊の作戦指揮を執ることが多い。姉のジュリエッタを溺愛している。

ジョッシュ・キーガン
Josh Keegan

陽気な元警官

ギャルリー・ベリトの戦闘員。アイルランド系アメリカ人。元警官だが、ある事情で犯罪組織に命を狙われている。軽薄な言動が多いが、戦闘員としては優秀。

パオラ・レゼンテ
Paola Resente

美貌の女性戦闘員

ギャルリー・ベリトの戦闘員。メキシコ出身。元女優で、業界には今も彼女のファンが多い。故郷に残してきた家族のために給料の多くを仕送りに注ぎこんでいる苦労人。

魏洋
Wei Yang

穏やかな復讐者

ギャルリー・ベリトの戦闘員。中国出身。父親は政府の高官。謀殺された父親の死の真相を調べているうちに統合体（ガンツァイト）の存在を知り、ギャルリー・ベリトに合流した。温和な美男子だが、キレると恐い。

統合体（ガンツァイト）

龍がもたらす災厄から人類を守ることを目的とする超国家組織。過去に出現した龍の記録や記憶を受け継いでいるだけでなく、多数の神器を保有しているといわれている。

鳴沢珠依
Narusawa Sui

地の龍の巫女

鳴沢八尋の妹。龍を召喚する能力を持つ巫女であり、大殺戮を引き起こした張本人。その際に負った傷が原因で、不定期の長い『眠り』に陥る身体になった。現在は『統合体（ガンツァイト）』に保護され、彼らの庇護を得る代わりに実験体として扱われている。

オーギュスト・ネイサン
Auguste Nathan

統合体の使者

アフリカ系日本人の医師で『統合体（ガンツァイト）』のエージェント。鳴沢珠依を護衛し、彼女の望みを叶える一方で、龍の巫女である彼女を実験体として利用している。

エクトル・ライマット
Hector Raimat

兵器商

世界有数の兵器メーカー『ライマット・インターナショナル』の会長。爵位を持つ本物の貴族であり、伯爵と呼ばれている。龍の血がもたらす不死の力を手に入れるため、ネイサンに研究施設を提供する一方で、彩葉を狙う。

鬱蒼と茂る竹林を抜けると、美しい街並みが広がっていた。

現代の景色とは思えない奇妙な都市だ。

碁盤の目のように区切られた街路に、木造の精緻な家屋が整然と並んでいる。

都市の中心になっているのは、平安京の大内裏を思わせる丹塗りの建物たちだ。

その建物を背後にして、広大な大路に一人の女性が立っている。

おとぎ話の世界から抜け出してきたような、豪華な和服姿の美女だった。

「よう……あんたが妙翅院の姫君か？」

山瀬道慈は、女に向かってぞんざいな口調で問いかける。

薄汚れたカーゴパンツとメッシュのベスト。どことなく猟犬に似た雰囲気を持つ、いかにもカメラマンという雰囲気の男である。

無精ひげのせいで老けて見えるが、サングラスの下の素顔は意外に若い。

右手に握ったデジタルカメラは、今も間断なく街の映像を記録し続けている。

「驚いたよ。今の日本に、こんな都市が残ってるなんてな。どこのテーマパークかと思ったぜ」

ひと気のない街並みをゆっくりと見回して、山瀬はカメラのレンズを女に向けた。

相手はかなりの美貌の持ち主だが、その程度のことで山瀬が感情を乱すことはない。山瀬が驚きを表に出したのは、彼女が一体の獣を連れていたからだ。

虎のような胴体と、猿の顔を持つ巨大な怪物だ。

「しかも魍魎どもに守られた街とはな。いったいどういう仕掛けなんだか……興味深いね」

山瀬が咎めるような口調で彼女に問いかける。

魍魎。古代の神話で語られた幻獣のような姿を持つ、正体不明の化け物たち。

そんな怪物たちの大量発生によって、日本という国家は崩壊した。

だが、この小さく奇妙な街は、その魍魎たちを従えた女性によって守護されている。だから、ここだけは破壊を免れたのだ。

「この都は、撮影禁止ですよ」

魍魎を従えた和装の女——妙翅院迦楼羅が、奇妙に人懐こい口調で山瀬に告げた。

「ああ……？」

ひどく場違いな彼女の台詞に、山瀬は軽く面喰らう。発言の内容が常識的すぎて、おぞましい魍魎を連れた彼女の姿と結びつかない。

「無許可での立ち入りはお断りしています。撮影機材を置いて、即刻立ち去ってくださいね」

声を荒らげるようなこともなく、迦楼羅は穏やかに微笑んで警告する。

山瀬の手の中で、デジタルカメラがギシリと鳴った。この狂った街で、あまりにも普通に振る舞っていることが、彼女の異様さを際立たせている。そのことに苛立ちを覚えたのだ。

「いい服を着ているのね、お姫様」

山瀬の背後から声がした。

棘のある視線を迦楼羅に向けていたのは、山瀬の相方のジャーナリスト——舞坂みやびだ。

かつてテレビ局のアナウンサーとして活躍していたみやびは、大殺戮後、山瀬と組んで日本の現状を世界に発信し続けている。

そのみやびが怒っていた。浮世離れした迦楼羅の独善的な態度が、みやびを激昂させたのだ。

「外界の状況がわかっているの？　あなたたち天帝家がこんなところで安寧を貪っている間に、日本国民が皆殺しにされたのよ⁉」

「……それで？」

迦楼羅が、訝るように小首を傾げてみやびを見た。

「は？」

「それを私たちにどうしろと？」

心底不思議そうに問い返す迦楼羅の姿に、みやびは言葉を失った。

かつて日本の象徴とまでいわれた一族の娘でありながら、妙翅院迦楼羅は、ほぼすべての日本人が虐殺されたことになんの痛痒も感じていないのだ。

「べつにあんたらにはなんの期待もしてねえよ。為政者なんてどいつもこいつも、自分の保身しか考えてねえ俗物どもだ。いつの時代も、世界中どこでも変わりゃしねえ」

絶句したままのみやびに代わって、山瀬が答えた。

動き続けているデジタルカメラは、迦楼羅の涼しげな表情をしっかりととらえている。

みやびの喉から絶叫が迸（ほとばし）った。山瀬（ヤマセ）が散らした迦楼羅（かるら）の炎に、彼女が巻きこまれたのだ。

炎の奔流に巻かれるみやびに駆け寄り、山瀬（ヤマセ）は彼女を抱き止める。

「みやび⁉　しっかりしろ、みやび！」

燃え広がった炎に炙（あぶ）られて、山瀬（ヤマセ）は苦悶（くもん）の声を漏らした。

必死で振り払おうとするが、みやびに纏（まと）わりつく炎は消えない。まるで意思を持つ蛇のように蠢（うごめ）いて、容赦なく彼女の肌を焼いていく。

「妙翅院（みょうじいん）……迦楼羅（かるら）ぁああああっ……！」

山瀬（ヤマセ）が憎悪（ぞうお）に顔を歪（ゆが）めて吼（ほ）える。

迦楼羅（かるら）はそんな山瀬（ヤマセ）たちを、哀れむような瞳で見下ろしている。

彼女が背負う炎の翼が、幻の都を赤く染める。

宝器（レガリア）と呼ばれた深紅の勾玉（まがたま）が、その炎に照らされ、妖しく揺れていた。

†

灰色に塗られた輸送機の機体が、雲を抜け、地上へと近づいていく。

四発のターボプロップエンジンを備えた戦術輸送機。実用性だけを追求した無骨な軍用機だ。

だが、操縦席の背後の一角だけが、異質な雰囲気を漂わせている。

機体の所有者の命令で、高級ビジネスジェット用の豪華なシートとケバケバしい調度品が持ちこまれているのだ。

たった一席だけのそのシートには、若い男が座っていた。銀髪の白人男性だ。

高価な装身具を身につけ、ブランドもののスーツを着た彼の姿は、傭兵風の乗員たちの中で、明らかに一人だけ浮いている。本人だけがその異質さと、部下の視線に気づいていなかった。

「――アンドレア様。着陸態勢に入ります。ご準備を」

男の隣に座っていた女が、抑揚の乏しい声で彼に呼びかける。

東洋系の小柄な少女だ。年齢は十六、七歳ほどか。顔立ちは端整だが、どこか人間らしさの希薄な、人形めいた雰囲気の持ち主だ。

「やれやれ、ようやくか」

傾けていたワイングラスを置いて、男は深く溜息をつく。

快適なファーストクラスの旅に慣れた彼にとって、騒々しく揺れの激しい軍用機での移動は、ひどく苛立たしいものだったのだ。

「この俺が、こんな東の果ての島国に足を運ぶ羽目になるとはな。実に不愉快なことだ」

そう言って彼は窓の外に目を向けた。

眼下に見えるのは、荒廃した廃墟の街並みだ。空港の滑走路も損傷が酷く、降着装置を強化した軍用機でなければ着陸が難しいといわれている。

だがそれも仕方のないことだった。

空港を整備しようにも、それを行う労働者がいないのだ。この国の住民のほとんどは、大殺戮によって、四年も前に死に絶えてしまっているのだから――

「まあいい。この地で新たな王になるのも悪くないだろう。宝器……貴様の姉の人形どもには過ぎた代物だ。そうは思わないか、エンリケッタ？」

男が、皮肉げな笑みを浮かべて少女に訊く。

「はい、アンドレア様――アンドレア・ベリト様」

少女は表情を変えることなく機械的にうなずいた。

艶やかな黒髪の中に一房だけ、黄緑色に染められた前髪がふわりと揺れる。

男は満足げにうなずいて、残ったワインをひと息に呷った。

そして赤く濡れた唇をハンカチで拭う。

そのハンカチに刺繍されていたのは、王冠と馬、そして悪魔の姿を模したエンブレム――兵器商ギャルリー・ベリトの紋章だった。

03 All Hell Breaks Loose

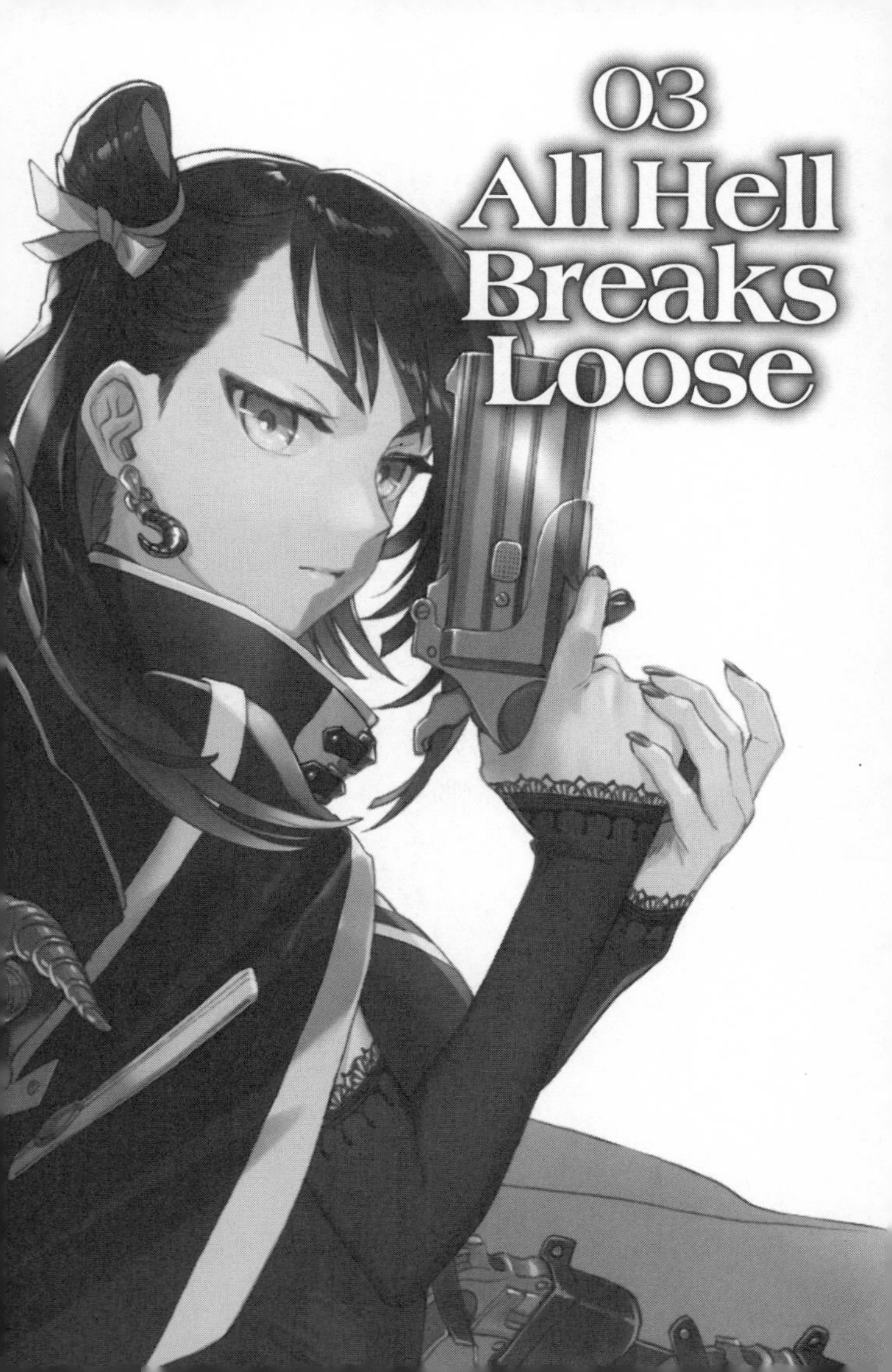

THE HOLLOW REGALIA

Presented by
MIKUMO GAKUTO
Illustration
MIYUU
Cover Design by Fujita Shunya
(Kusano Tsuyoshi Design)

第一幕　リヴィール・ザ・シークレット

THE HOLLOW REGALIA

CHAPTER. 1

1

その人は、突然、私の世界に現れた。

かつて東京と呼ばれていた廃墟の中のちっぽけな世界に、血の臭いと炎を引き連れて。

二十三区──

「無事か？　怪我はないな？」

それが彼の、私に対する第一声だった。

野良魍獣に襲われていた見ず知らずの私を、彼は命懸けで助けてくれた。兵士のような銃ではなく、ただ一振りの日本刀だけをもって生身で魍獣を斬り伏せたのだ。

そんな彼に、私はなにも答えることができなかった。

目の前で起こった出来事が、現実のものとは思えなかったのだ。

死に絶えたはずの日本人の少年が、生身で魍獣（もうじゅう）に立ち向かい、殺されかけていた私を助けてくれた。まるで特撮映画の中のヒーローだ。

私の幼い弟たちだって、そんな都合のいい出来事を夢想したりはしないだろう。

しかし、彼は現れた。そして私たち姉弟（きょうだい）を外の世界へと連れ出してくれた。

その日から、彼は私の中で英雄になった。

私自身は、英雄の隣に寄り添うお姫様の役柄ではなかったけれど――

そんな私の英雄は今、短パン一枚という無防備な姿で計測機器に乗っている。

†

「百七十六センチ七ミリ……体重は前と変わってないですね」

身長体重計の画面に表示された数値を、佐生（さしょう）絢穂（あやほ）が、たどたどしい口調で読み上げる。

ヤヒロはそんな彼女の言葉を、なんともいえない微妙な気分で聞いていた。知られて困る数字ではないが、年下の少女に自分の身長体重を測られるのは、さすがに少し恥ずかしい。

「悪いな、俺の健康診断なんかにつき合わせて」

ヤヒロは気まずさを誤魔化すために、せっせと記録を書きこんでいる絢穂（あやほ）に謝った。

　武器商人ギャルリー・ベリトの隊員宿舎に用意された、戦闘員用の医務室だ。不死者であるヤヒロは、二カ月に一度、健康状態に関するデータをギャルリーに提供する契約になっている。使えるものは子どもでも使い倒すという役員の方針で、絢穂は、その測定の手伝いをさせられているのだ。

「あ、いえ。私に出来るお仕事があるのは嬉しいです。いつも彩葉ちゃんにばかり頼りきりで、私たちはなにもできないから」

　緊張気味に顔を上げた絢穂が、ぶんぶんと勢いよく首を振った。

　十四歳の佐生絢穂は、廃墟化した東京で侭奈彩葉と暮らしていた子どもたちの一人。彩葉の弟妹たちの中では最年長だ。

　龍の巫女である彩葉の家族としてギャルリー・ベリトに保護されてはいるが、まだ幼く、労働者としての価値が乏しい絢穂たちの立場はかなり危うい。そのぶん、出来ることで少しでも役に立とうと張り切っているのだろう。

　しかしヤヒロは彼女の言葉に、やや戸惑った表情を浮かべる。

「彩葉のやつ、頼りきりっていうほど頼りになってるか？」

　龍の巫女という特殊な能力の持ち主ではあるが、彩葉は私生活ではわりとポンコツだ。むしろ年下の絢穂たちのほうが、だいぶしっかりしているように見える。

「え……あ……そうですね……たぶん」

絢穂も思い当たるフシがあったのか、彩葉を擁護する言葉は歯切れが悪かった。

それを見て思わず噴き出すヤヒロ。絢穂もつられて苦笑する。おかげで彼女の緊張も少し和らいだらしい。

「へー……ヤヒロがここに来たばかりのときから、一センチくらい伸びてるね。へー……」

絢穂の肩越しにヤヒロの身長の数値をのぞき見て、意外そうに呟いたのはジュリだった。

ベリト侯爵家の娘である彼女は、ギャルルリー・ベリトの執行役員。気まぐれな子猫のような姿からは想像できないが、実はギャルルリー極東支部でいちばん偉い人間ということになる。

「なんだよ？」

なぜか妙に感心している彼女を、ヤヒロは訝るように見つめて訊いた。

ジュリはヤヒロを見返して、わざとらしく真面目な口調で言う。

「いやー、ヤヒロも背が伸びるんだなって」

「縮んでどうするんだよ。最後に身長を測ったのは中学のときだから、それからは十五センチくらい伸びてるぞ」

「それは興味深い情報ですね」

ジュリとまったく同じ顔をした東洋系の少女が、無表情のまま感想を口にした。同じくギャルリーの執行役員で、ジュリの双子の妹であるロゼだ。

「なにがだよ？　普通だろ？」

「いえ、非常に貴重なデータです。不死者(ラザルス)も成長するという証拠になりますから」

「つまりヤヒロは、不死ではあっても、不老じゃないってことだね」

「ああ……そういうことか……」

ロゼとジュリに交互に説明されて、ヤヒロはようやく二人が興味を示したわけを理解する。

龍の血を浴びて不死者(ラザルス)となったヤヒロは、肉体の大半を失うほどの重傷を負っても時間が経(た)てば復活する。だが、その再生のメカニズムは一切が不明だった。

もし不死者(ラザルス)の能力が完全な不老不死なら、ヤヒロはこの先何年経(た)っても、今の姿のまま変わらないということになる。老化しないということは、成長しないということでもあるからだ。

しかしヤヒロの肉体は、不死者(ラザルス)となってからも年相応に成長している。

つまり不死者(ラザルス)の肉体は、少なくとも老化するということだ。たしかにロゼたちの言うとおり、興味深い情報だといえる。

「ただし、ある程度まで成長すれば、老化も止まってしまうという可能性もあります。その可能性はあまり高くはありませんが——」

ロゼが慎重に言葉を続けた。

ヤヒロは意外そうに眉を寄せる。

「どうしてそんなことが言い切れる？」

「過去に存在したはずの不死者(ラザルス)が、これまで発見されていないからです。彼らが遺(のこ)した

〝象徴の宝器〟が受け継がれているにもかかわらず」

「ああ……」

ヤヒロはロゼの回答に納得する。不死者が本当に不老不死なら、当然、彼らは今もどこかに生き残っているはずだ。その旧世代の不死者が確認されていない以上、不死者は不老ではないと考えるのが妥当ということなのだろう。

「まあ、知り合いが全員死に絶えたあとに、俺一人だけ生き残るってのもゾッとしないしな。老衰で死ねる可能性があるならまだマシか」

「そんなこと言っていいのかな。老化するってことはハゲる可能性もあるってことだよ」

ジュリがニヤリと笑って笑って指摘する。ヤヒロはフッと鼻で笑って、

「ああ、それはない。うちの家系はハゲねえんだよ」

「それはどうかな」

「ハゲねえっつってんだろ！　なんだその意味ありげな目つきは⁉」

ムキになって言い返すヤヒロを見て、傍にいた絢穂が我慢できずにクスクスと笑い出す。

ヤヒロはバツの悪そうな表情を浮かべて部屋を横切り、脱衣カゴに放りこんであった自分のTシャツに手を伸ばした。

体重測定が終わった以上、いつまでも半裸でうろついている必要はない。ジュリたちの不躾な視線を気にしながら、ヤヒロは無造作にTシャツを被る。

その直後、脱衣カゴの中からなにかが転がり落ち、床に当たって澄んだ音を立てた。鍵盤打楽器のような硬質な響き。その音の源は、子どもの拳ほどの大きさの石だった。

宝石のように輝く深紅の石だ。

「あの、ヤヒロさん、これ……」

屈(かが)みこんだ絢穂(あやほ)が、その赤い石を拾い上げる。

「拾ってくれたのか、悪いな」

「いえ。綺麗(きれい)な石ですね」

ヤヒロに石を手渡して、絢穂(あやほ)が感動したように呟(つぶや)いた。

その瞬間、ヤヒロの口元がかすかに歪(ゆが)む。泣き出すのをこらえる子どものような表情だ。

「綺麗(きれい)、か……そうだな」

「ヤヒロさん？」

「悪い。これを遺(のこ)してくれた人のことをちょっと思い出してた。形見みたいなものだからさ」

「形見、ですか」

絢穂(あやほ)が驚きに目を瞠(みは)った。

ヤヒロは微笑(ほほえ)んで首肯(しゅこう)する。

その深紅の石は、山の龍(ヴァナグロリア)の加護を受けた不死者(ラザルス)——神喜多天羽(カミキタアマハ)が遺(のこ)した〝象徴の宝器(レガリア)〟だった。彼女の体内を流れていた、龍の血が生み出した結晶だ。

　その結晶の価値は、ヤヒロにはわからない。しかし手放すことはできなかった。かといって、どこかに飾っておくのも違う気がした。だから無造作にポケットに突っこんだまま、こうして常に持ち歩いていたのだった。

「あの、よかったら、入れ物を作りましょうか。それを入れて身につけていられるような」

　絢穂（あやほ）が遠慮がちな態度で言う。彼女の提案をヤヒロは少し意外に思った。

「お守り袋みたいなやつってことか。そういえば、裁縫、得意なんだっけ？」

「得意ではないんですけど、好きなんです。彩葉（いろは）ちゃんの衣装もいつも作ってますし」

　絢穂（あやほ）が恥ずかしそうに下を向く。しかし彼女の言葉は明らかな謙遜だ。彩葉（いろは）が動画配信で使っている衣装は、デザインも縫製も市販の服より遥（はる）かに出来がいい。

「そうか。じゃあ、頼むよ。これは預けとく」

「あ、はい。たしかに預かりました」

　ヤヒロから受け取った結晶を、絢穂（あやほ）は大事そうに握りしめて自分のバッグの中へと仕舞った。

　その様子を何気なく眺めていたヤヒロは、机の上に置かれた小さなプラスチック容器に気づく。血液採取済みの採血管だ。

「これは？」

「さっきロゼさんが採取した彩葉（いろは）ちゃんの血です。ギャルリーの本部で分析するって……」

「ロゼが？」

絢穂(あやほ)の答えを聞いたヤヒロが、険しい表情でロゼを睨(にら)む。

「彩葉(いろは)の血をどうするつもりだ？　ライマットの連中みたいに、ファフニール兵の材料にする気じゃないだろうな？」

「まさか」

ロゼが表情を変えないまま首を振る。

「それはただの血液です。そんなものでF剤(エフメド)は作れませんよ」

「そう……なのか？」

「F剤(エフメド)の材料になるのは霊液(イーコール)——覚醒状態の龍の巫女(みこ)の血ですから」

「覚醒状態？」

「ヤヒロも見たことあるんじゃなかったっけ。横須賀(よこすか)で」

戸惑うヤヒロに、ジュリが軽い口調で言った。

ヤヒロの脳裏をよぎったのは、美しい異形(いぎょう)と化した少女の姿だった。

「知流花(ちるか)さんのことを言ってるのか……？」

山の龍(ヴァナグロリア)の巫女(みこ)、三崎知流花(みさきちるか)は人の肉体を失って龍人(りゅうじん)とでも呼ぶべき姿へと変貌した。

人の形に戻り損ねた龍——美しい龍人(りゅうじん)と化した知流花(ちるか)の姿は、たしかにF剤(エフメド)によって生み出された蜥蜴人(リザードマン)に通じるものがある。

「覚醒する前の龍の巫女(みこ)から霊液(イーコール)を入手する技術(ノウハウ)は、我々にはありませんし、どのみちあれは兵器としては売り物になりません。それを証明したのは、ほかならぬあなたなのですから——」

ロゼが無感情な瞳でヤヒロを見つめた。

ライマット社が開発したファフニール兵の大部隊を、ヤヒロはたった一人で殲滅（せんめつ）している。

さらにはF剤（エフメド）の過剰投与で暴走したライマット社の会長を倒したのもヤヒロと彩葉（いろは）だった。

開発費が高額で入手困難。暴走の危険がある上に、たった一人の不死者（ラザルス）にすら及ばない。そんな欠陥兵器を欲しがる軍隊があるわけもない。たしかにロゼの言うとおり、ギャルリーはF（エフ）剤（メド）など必要としていないのだ。

「じゃあ、なんのために彩葉（いろは）の血を？」

「龍の巫女（みこ）と呼ばれる人々の肉体が、普通の人間と同じであることを確認するためです」

ロゼが淡々と質問に答える。ジュリもにこやかにうなずいて、

「それはヤヒロも同じだよ。龍の巫女（みこ）も不死者（ラザルス）も、肉体的には一般人と変わらない。つまり普通の人間が、なんらかのきっかけで龍の巫女（みこ）として目覚めたり、不死者（ラザルス）になってもおかしくないってこと」

「そのきっかけを調べるのが、ギャルリー・ベリトの目的か」

彩葉（いろは）の血が入った採血管を眺めて、ヤヒロは静かに息を吐き出した。

神蝕能（レガリア）と呼ばれる権能。そして巨大な質量を持つ龍の召喚。それだけでも龍の巫女（みこ）と呼ばれ

る少女たちが、既存の物理法則を覆す超常的な存在であることがわかる。
そして龍の巫女の秘密を解き明かす鍵になるのが、彼女たちの血液だ。
ヤヒロはそのことを誰よりもよく知っている。なぜなら龍の巫女の血を——鳴沢珠依の血を浴びたことこそが、ヤヒロが不死者となったきっかけだからだ。

「そういや彩葉は？　あいつ、どこに行ったんだ？」

ヤヒロがふと思い出したように絢穂に訊いた。
絢穂は困ったように眉尻を下げた。

「彩葉ちゃんは、トレーニング室です」

「トレーニング？　なんで彩葉が？」

「その……体重を計る前にサウナスーツを着て走ってくるって……」

「計量前のボクサーか、あいつは」

呆れ顔で呟くヤヒロを見て、絢穂が弱々しく苦笑した。
その直後、バタバタと慌ただしい足音が鳴り響き、医務室のドアが勢いよく開け放たれる。
血相を変えて部屋に飛びこんで来たのは、愛用のスマホを握りしめた汗だくの少女である。

「ヤヒロっ！　ヤヒロ、いる⁉」

「……彩葉ちゃん？」

「——って、おまえ、なんだその恰好？」

彩葉の服装を見た絢穂が困惑の声を洩らし、ヤヒロも顔をしかめて溜息をつく。

今の彩葉は、白のTシャツに紺地の短パンという、まるで部活中の中学生のような服装だ。

その上に着ていたはずのサウナスーツは、熱くなって途中で脱ぎ捨てたらしい。

おかげで汗で張りついたTシャツから、彼女の肌や下着の線が透けている。しかし彩葉は、そんなことは気にしていられないとばかりにスマホを突き出して、

「そんなのあとでいいから！　それどころじゃないの！　見てよこれ！」


彩葉が興奮気味の口調で言う。

彼女に突きつけられたスマホを眺めて、ヤヒロは眉間にしわを寄せた。

そこに表示されていたのは見慣れた画面。彩葉が素人配信者として、伊呂波わおんの名義で投稿している動画チャンネルだ。


「おまえのチャンネルがどうかしたのか？」


ヤヒロは首を傾げて訊き返す。新作の動画がアップロードされているわけでもないし、一見、特に変わったところはないように見える。

しかし彩葉は、焦りに舌をもつれさせながら、

「ひゃ、ひゃく……ひゃく……」

「……ひゃく？」

しゃっくりか、と首を傾げるヤヒロ。そんなヤヒロを見返しながら、彩葉は高々とスマホを

突き上げて、勝ち誇ったように絶叫するのだった。

「百万回再生いったあああああ――！」

2

さすがに興奮し過ぎたのか、叫び終えた彩葉は貧血を起こしたように、その場にふらふらと倒れこむ。

絢穂はなにも言わずに彩葉の隣に屈みこみ、汗だくの彼女をタオルで拭き始めた。残念な姉とは対照的によく気がつく妹だ。

「百万回再生？　わおんの動画が？」

ヤヒロは彩葉のスマホを受け取って、半信半疑の口調で呟いた。

伊呂波わおんは、決して人気のある配信者ではない。投稿した動画の本数は多いが、その再生数は軒並み数十回程度。わおんの見た目は悪くないのだが、肝心の動画の内容がまったく面白くないのが原因だ。

そんな彼女の動画が一夜にして百万回再生を突破する――とても信じられる話ではない。

しかし彩葉は、ニヤリと不敵な笑みを浮かべて再び立ち上がる。

「そう。さっき見たら百万超えてたの！　ほら！　もう百十万！」

「おまえ……犯罪自慢と差別発言には気をつけろって、あれほど言われてるのに……」

「ちょっと待って！　なんでわたしが炎上した前提になってるの⁉」

彩葉が焦ったようにヤヒロに抗議した。

「なんでって、ほかに再生数が伸びる理由がないだろ……」

「違うから！　ほら、ちゃんと高評価もついてるから！」

「表示の不具合……かな？」

絢穂が真面目な口調で独りごちた。なるほど、とヤヒロも納得する。わおんの動画再生回数が急に伸びるより、単なるバグと考えるのが自然だ。

「凄腕のハッカーのおふざけじゃない？」

「サイトそのものが乗っ取られたという可能性もありますね」

ジュリとロゼがそれぞれ適当に思いついた原因を口にする。

「なんでよ⁉　どう見ても普通にバズってるでしょ！　この動画だけじゃなくて、過去の投稿の再生回数も全部伸びてるから！」

彩葉はスマホの画面をスクロールしながら、鼻息を荒くして必死に主張した。

たしかに彼女の言うとおり、わおんの動画は軒並みすべての再生回数が急増していた。最初は疑ってかかっていたヤヒロも、次第に真顔になって画面をのぞきこむ。

「……嘘だろ？」

「いやー、ついに世界に見つかってしまいましたなあ、わたしの才能が。ヤヒロもこれで古参のファンとして大きい顔ができるね。嬉(うれ)しい？　嬉(うれ)しい？」

なにか裏があるのではないかと勘ぐるヤヒロとは対照的に、彩葉(いろは)はご機嫌だ。かつてないほど鼻高々の彩葉(いろは)を見て、ウゼえなこいつ、とヤヒロは舌打ちする。

「この視聴者数の増加状況……影響力の大きな外部サイトや、ほかの配信者(ストリーマー)に取り上げられたのかもしれませんね」

「彩葉(いろは)の動画を誰かが紹介したってことか」

ロゼの冷静な分析に、ヤヒロは、ふむ、と低く唸(うな)った。

たしかにそれはあり得ない話ではない。彩葉(いろは)の動画が突然話題になった状況にも説明がつく。

問題は、わおんの動画がどんなふうに紹介されたのか、ということだが――

「このコメント……ちょっと気になるね」

ジュリがめずらしく真面目な口調で呟(つぶや)いた。

「コメント？」

ヤヒロは動画のコメント欄の存在を思い出す。彩葉(いろは)が使っている動画配信サイトには、視聴者がコメントをつける機能があるのだ。

動画の再生回数に合わせて、感想コメントの数も急増していた。内容の大半は、「可愛(かわい)い」「獣耳(けものみみ)」「でかい」など、わおんの容姿や衣装についてのものである。

しかし一部に、通常の動画にはあり得ない異質な単語が書きこまれている。

大殺戮（ジェノサイド）。そして龍（ドラゴン）に関するコメントだ。

「え⁉　なんで⁉　どういうこと⁉」

コメント欄の内容までは、彩葉（いろは）も確認していなかったのだろう。書きこまれたコメントを読み進めていくうちに、彩葉（いろは）の顔が青ざめていく。

「わ、わたしの名前が書かれてる⁉」

「名前？　本名がバレてるってことか？」

戸惑う彩葉（いろは）を見返して、ヤヒロの表情も険しさを増した。

伊呂波（いろは）わおん名義で活動している彩葉（いろは）は、当然ながら自分の本名を公表していない。奇抜な衣装に加えて、カラーコンタクトやウィッグで仮装（コスプレ）したわおんの姿と、生身の彩葉（いろは）を結びつけられる人間がいるとも思えない。熱心な視聴者だったヤヒロですら、最初に出会ってからしばらくの間、彩葉（いろは）がわおんの中身だとは気づかなかったのだ。

「これが元凶かな……〝ヤマドーの動画から来ました〟だって」

自分のスマホでコメント欄を眺めていたジュリが、ひとつの書きこみを読み上げた。

「ヤマドー？」

「暴露系の配信者（ストリーマー）の人だね。けっこう有名だよ」

彩葉（いろは）がヤヒロの疑問に即答する。

「……暴露系？」

「けっこう面白いの、その人の動画。有名な政治家のスキャンダルとか、大企業の不祥事とか、危ないネタばかり扱ってて」

「……なんでそんなやつが彩葉に目をつけるんだ？　言っちゃなんだけど、わおんに知名度なんて皆無だぞ？　その辺のご家庭のペット映像のほうがまだ社会的影響力があるくらいだ」

「さすがにペット以下はないでしょ……ないよね？」

彩葉が唇を尖らせて言い返す。しかしきっぱりと反論しなかったあたり、さすがの彩葉も、自分が暴露系配信者に狙われるほどの知名度があるとは思っていないようだ。

だがそれは、あくまでも配信者としては、の話である。

彩葉の本来の価値を知る者にとって、彼女の影響力は、そこらの政治家や企業の比ではない。

「あった、これだ。ヤマドー・チャンネル」

検索して問題の動画チャンネルに辿り着いたジュリが、スマホの画面をヤヒロたちに向けた。

表示された動画のタイトルを見て、ヤヒロは小さく息を呑む。

「〝大殺戮を引き起こした龍の巫女〟——だと？」

「嘘……どうして……」

これまで隠蔽されていたはずの龍の情報が、全世界に向けて公開されている。

その事実にヤヒロは動揺した。大殺戮の原因が公表されるということは、珠依の罪が——

そして彼女を止められなかったヤヒロの罪が暴露されたのも同然だからだ。

　そして動揺していたのは、彩葉も同じだった。

　動画に映し出された自分の姿を睨みつけ、彩葉は怒りに震えている。

「どうしてスッピンで部屋着のときの映像なの⁉　もっと写りのいい写真があるでしょ⁉」

「最初に気にするのはそこかよ⁉」

　憤る彩葉の横顔を眺めて、ヤヒロは呆れ気味につっこみを入れた。

　彩葉にとっては自分の素性が暴露されたことより、不本意な写真が配信されたことのほうが重大な問題だったらしい。

　さらに追い打ちをかけるように、動画で紹介された彩葉のプロフィールを読んでいた絢穂が、あっ、と小さく声を上げる。

「彩葉ちゃん、子持ちってことになってるね」

「なんで⁉　どこからどう見ても普通に姉弟でしょ⁉」

　動画で紹介されているのは、最年少の妹——瑠奈を抱き上げている彩葉の姿だ。二人の年齢差はちょうど十歳だが、親子といわれれば、ギリギリそう見えないこともない。

「これは、まずいね」

「ええ。かなり」

　憤慨する彩葉とは対照的に、ジュリとロゼの双子は冷静にうなずき合っていた。彼女たちの表情は、いつになく真剣だ。

「まずいって、どうしてだ？」

ヤヒロは意外に思いながら質問した。

わおんの素顔が公開されたことは、彩葉（いろは）にとっては大問題だろう。

だとしても、彩葉（いろは）自身に被害があるかといえば微妙なところだ。現在の日本は、世界各国の軍隊によって分割統治されており、一般人が気軽に渡航できるような場所ではない。彩葉（いろは）がマスコミに追い回されたり、悪質なファンにつきまとわれる心配は無用なのだ。

ましてや今回の暴露動画が、ギャルリー・ベリトの活動に影響するとは思えない。

しかし双子の姉妹は不満そうに首を振る。

「これまで龍の巫女（みこ）の情報は、統合体（ガンツアイト）が秘匿していたのです。龍の実在を本気で信じている者は限られていましたから、ひとまずそれで問題なかったのですが――」

「こないだの山の龍（ヴァナグロリア）の騒動があったからね」

「龍の実在を確信したやつらがいるってことか……」

ジュリたちがピリピリとしている理由が、ヤヒロにも朧気（おぼろげ）に見えてきた。

何隻もの艦艇を沈め、米軍基地を襲撃した山の龍（ヴァナグロリア）の姿は、多くの兵士や傭兵（ようへい）たちに目撃されている。当然、日本を分割統治している各国の軍上層部も、その情報を把握しているはずだ。

これまで龍の存在を知っている人間は、一部の政治家や軍の高官に限られていた。だから、統合体（ガンツァイト）は彼らに接触し、情報の流出をコントロールすることが可能だった。

しかし今や龍の目撃者は十万人を超えている。

統合体（ガンツァイト）がどれだけの影響力を持っているのかは知らないが、彼らすべての口を封じることなどできるはずもない。そして龍の存在を知る人間がいる以上、ヤマドーという配信者（ストリーマー）による暴露動画の信憑性（しんぴょうせい）は跳ね上がる。

「この動画を鵜呑（うの）みにする人間は多くないでしょうが、彩葉（いろは）の身柄を確保して、彼女の素性を確かめようとする者は確実に出てくるはずです。統合体（ガンツァイト）も、そのすべてを抑えることは不可能でしょう」

ロゼが悲観的で現実的な予想を口にした。

「彩葉（いろは）が、また狙われるってことか」

「はい。それも顔と名前を世界中に知られた状態で」

「厄介な問題はもうひとつあるよ。この映像を見て、なにか気づかない？」

ジュリがスマホの画面をヤヒロの前に差し出した。

動画に映っているのは、いつもの芋ジャージ姿でベンチに寝転びながら、菓子を頬張っている彩葉（いろは）である。ヤヒロにとっては見慣れた光景だ。

彩葉（いろは）が乗っているベンチのデザインも。そして、背景として映っているレンガの壁も。

「この映像……ギャルリーの隊舎が映ってるのか……！」

「間違いないね。このヤマドーって配信者は、この近くにいるんだよ。たぶん、今も」

「え……と、つまりわたしが盗撮被害に遭ってるってこと？」

彩葉が、自分が置かれている状況をざっくり表現する。

盗撮というと途端に低俗になった気がするが、あながち的外れというわけでもない。彩葉の正体を暴露した配信者は、ギャルリーの戦闘員にすら気づかれることなく彩葉の姿を撮影し、その映像を全世界に公開しているのだから。

「彩葉の現在地が知られてるというのは厄介ですが、逆に考えれば、チャンスかもしれません。この配信者を捕らえることが出来れば、それを利用して情報を攪乱できますから」

ロゼが感情のこもらない口調で告げた。

「要するに、この盗撮野郎を見つけ出せばいいんだな？」

「そうだね。手の空いてる隊員にも協力してもらって、パパラッチを探し出すよ」

ジュリがきっぱりと断言し、仕方ないな、とヤヒロもうなずく。

実に面倒な話だが、ヤマドーという配信者が彩葉につきまとっているというのなら、このまま見過ごすことはできない。彩葉の安全を確保するためにも、これ以上の情報流出はなんとしても防がなければならないのだ。

そして張り詰めた雰囲気を漂わせた始めたヤヒロたちとは対照的に、

「うう……せっかくわたしの才能が世の中に認められたと思ったのに……」

彩葉(いろは)はそう言ってがっくりと肩を落とすのだった。

3

動画の再生回数について、彩葉(いろは)が散々騒ぎ立てた翌日——

ヤヒロたちは非番の戦闘員(オペレーター)たちと手分けして、盗撮犯の捜索に乗り出した。

「本当にこんなところから撮影したのか？　ギャルリーの隊舎から二キロ近く離れてるぞ？」

横浜港(よこはまこう)を見下ろす小高い丘を上りながら、ヤヒロは隣にいるジュリに質問する。

横浜(よこはま)市・旧山手(やまて)地区。かつて外国人居留地だったというこの地区は、大殺戮(ジェノサイド)が起きるまで有名な観光地だったらしい。

だがその小洒落(こじゃれ)た土地も、現在は、傭兵(ようへい)たち目当ての露店や酒場が建ち並ぶ、怪しげな商店街となっていた。

ヤヒロとジュリがこの旧山手地区を訪れたのは、盗撮犯についての重要な情報が得られたからである。彩葉(いろは)の盗撮画像を分析したロゼが、この付近に犯人が潜んでいると断言したのだ。

「最近の狙撃用ライフルは、有効射程が二千メートルを超えるやつもめずらしくないからね。ろーちゃんだったら、このくらいの距離、逆立ちしながらでも命中させてくるよ」

ヤヒロの質問に、ジュリが答える。

「いや、逆立ちしながらはさすがに無理だろ……無理だよな？」

　ロゼが優秀な狙撃手なのはヤヒロも知っているが、さすがにライフルの有効射程ギリギリの狙撃を、そんなふざけた姿勢で成功させられるとは思えない。

　もっとも彼女が狙撃をしくじる姿も、ヤヒロには想像できないが――

「狙撃できる距離なら、映像だって撮れるよ」

「英語ならどちらもshootだもんな」

「逆に言えば、犯人はいつでも彩葉を狙撃できたってこと」

「な……」

　ジュリの指摘に、ヤヒロは思わず足を止めた。

　狙撃と盗撮には共通点が多い。二千メートル離れた場所から彩葉を撮影できるというのなら、同じ距離から銃弾を叩きこむことも、おそらく不可能ではないだろう。

　相手はただの配信者だと思って甘く見ていたが、それはとんでもない間違いだと今さらのように思い知らされる。

「……って、待て。じゃあ、もしかしてロゼが隊舎に残ったのは……」

「盗撮犯に交じって、狙撃手がいないとも限らないからね。いちおう用心しとかないと――」

　ジュリの言葉が終わる前に、ヤヒロたちのすぐ近くでなにかが砕ける音が響いた。

　くぐもった悲鳴とともに、建物の屋根にいた男が転がり落ちてくる。

男が持っていたのは、巨大な望遠レンズを装備したカメラだった。だが、そのレンズは砕け散り、カメラ本体も半分吹き飛んでいる。遥か遠方より飛来したスナイパーライフルの弾丸が、男が構えていたカメラだけを正確に撃ち抜いたのだ。

確認するまでもなかった。ロゼの仕業だ。

「対抗狙撃か。盗撮も命懸けだな」

「敵の斥候を排除するのは、戦場では普通にあることだからね」

恐怖でうずくまっている盗撮犯を眺めて、ジュリが素っ気ない口調で言う。

ロゼの放った銃弾はカメラだけを正確に撃ち抜いており、屋根から落ちたときの怪我を除けば盗撮犯はほぼ無傷だ。だからといってまともな神経の持ち主なら、二度とギャルリーの隊舎にカメラを向けようとは思わないだろう。

狙撃手がその気ならカメラではなく、頭を撃ち抜くこともできた。

そのことは狙撃された盗撮犯が誰よりもよく理解しているはずだからだ。

「あいつがヤマドーって配信者なのか？」

「だったら話が早いんだけど、たぶん違うよ。配信者本人なら彩葉の重要性を理解してるだろうからね。ギャルリーが彩葉を守るために反撃に出るのも予想してるでしょ」

「あんな無防備に盗撮するような間抜けじゃないってことか」

倒れた盗撮犯を眺めて、ヤヒロは溜息をつく。

「例の暴露動画に影響された組織や企業が、情報収集のために群がってきてるからね。彼らに雇われた偵察兵じゃないかな。そっちはろーちゃんに任せておけばいいよ」

ジュリはそう言って無邪気に笑う。

そんな彼女の言葉を裏付けるように、再びライフル弾が飛来する気配があった。

レンズが吹き飛ぶ音が響き、壊れたカメラを構えた男が、路肩に止まっていたトラックの荷台から転げ落ちてくる。ロゼが二人目の偵察兵を撃退したのだ。

「いくらなんでも、偵察兵が多すぎないか？」

「それだけ龍の巫女(みこ)が注目されてるってことだよ」

呆(あき)れたように呟(つぶや)くヤヒロに、ジュリが投げやりな口調で答えた。

実際、ジュリの言うとおりなのだろうが、続けざまにこれだけ騒ぎが起きれば、肝心のヤマドーはとっくに姿を隠しているのではないか、とヤヒロは思う。

「例の配信者(ストリーマー)が、ロゼの狙撃を警戒して逃げたらどうするんだ？」

「それは困るねー。慌てて逃げ出す人影とかいたらいいんだけど」

「そんなわかりやすく怪しいヤツが都合よく見つかるわけないだろ……」

ヤヒロは脱力して息を吐いた。

そんなヤヒロたちの目の前で、突然小さな悲鳴が上がる。

ふと声のほうに目を向けると、若い女性が倒れているのが見えた。

ロゼに狙撃された盗撮犯の仲間が、逃げ去る際に無関係な彼女を突き飛ばしたらしい。ある意味、ヤヒロたちの行動のとばっちりを受けた形である。

おそらく買い出しの途中だったのだろう。彼女が落とした紙袋から、中に入っていた缶詰が転がり落ちてくる。ヤヒロは反射的に屈（かが）みこみ、近づいてきた缶詰を拾い上げた。

「大丈夫ですか？　怪我（けが）は？」

ヤヒロは拾った缶詰を手に持ったまま、倒れている女性に問いかける。ジュリがその様子をニヤニヤしながら見ていたが、さすがにこの状況で声をかけないわけにもいかない。

「ありがとう。少し驚いただけだから」

ヤヒロを見上げて、女は弱々しく微笑（ほほえ）んだ。

長い黒髪の東洋人だった。年齢は二十代の半ばほど。儚（はかな）げな印象のほっそりとした美人だ。顔の右半分は髪で隠れているが、それでも整った顔立ちをしているのがよくわかる。

彼女の服装はいかにも民間人という雰囲気で、軍の関係者や民間軍事会社の戦闘員（オペレーター）には見えなかった。日本が平和だった時代の、休日の女性芸能人のようだとヤヒロは思う。

「いえ。荷物が無事でよかったです」

缶詰を紙袋に詰め直し、ヤヒロは女性が起き上がるのに手を貸した。それから落ちていた杖（つえ）を拾って彼女に渡す。彼女は左脚が不自由らしく、金属製の杖（つえ）を使っていたのだ。

「おいおい、みやび。いつの間にそんな若い男を引っかけたんだ？」

女が杖を装着し直すのを手伝っていると、背後から声をかけられる。

軽く手を振りながら近づいてきたのは、三十歳前後の東洋人の男だ。

「失礼よ、ドウジ。彼は私を助けてくれたのに」

「そうか、そりゃ悪かった。俺の連れが迷惑をかけたな、お兄ちゃん」

ドウジと呼ばれた男はそう言って、白い歯を見せてニヤリと笑った、

小柄だが、どこか猟犬を思わせる精悍な印象の持ち主だった。

よく日焼けしており、体つきも引き締まっている。だが、軍人っぽさは感じない。スポーツ選手、あるいは冒険家。それが彼に対する第一印象だ。

「しかし、こんな商店街のすぐ傍で銃撃かよ。噂には聞いてたが、物騒な街だな」

散らばったカメラの破片を眺めながら、ドウジが呆れたように言う。

ヤヒロは少し意外に思って眉を上げた。

「あんたたちは、この街の住人じゃないのか？」

「まあな。ちょいと金儲けのタネを見つけて戻ってきたばかりだよ」

ドウジが愉快そうに目を細める。

「戻ってきた？」

「ああ。俺とみやびは元々この国の人間だからな」

黒髪の女性を指さして、ドウジが言った。

ヤヒロは驚きに息を呑む。

「あんたも日本人なのか？」

「あんたも、ってことは、兄ちゃんも同じか。なんとなく、そうじゃないかと思ったよ」

ドウジが愉快そうに口元を緩めた。

「よく今まで無事だったな？」

「それに関しちゃお互い様、だろ？」

ヤヒロの疑問に、ドウジは曖昧な言葉を返す。

四年前。龍の出現と、それに伴う魍獣の大発生をきっかけにして、世界中で日本人に対する殺戮の嵐が吹き荒れた。世界各国の首脳や宗教的指導者、そして民衆すべてが強烈な殺意に取り憑かれ、軍隊を投入してまで日本人を殺し尽くしたのだ。

「細かい話はなしにしようぜ。あんな無茶苦茶な状況を生き延びたんだ。いろいろあるよな。俺は本業は戦場カメラマンでな。世界中のヤバい場所はあちこち回ったつもりだったが、まさか自分の国が消えてなくなるとは思いもしなかったぜ。これも平和ぼけってヤツなのかね」

「カメラマン？」

他人事めかしたドウジの言葉に、ヤヒロは表情を硬くする。

盗撮犯を捜しているヤヒロの前に、カメラマンを名乗る男が現れたのだ。しかも彼は、金儲けのタネを見つけて日本に戻ってきたのだという。その奇妙な符合がただの偶然とは思えない。

「なあ、お兄ちゃん……この嬢ちゃんのことをなにか知らないか？」

警戒心を露にしたヤヒロに向かって、ドウジが一枚の写真を取り出した。

動画の一場面を切り出したプリントアウト。そこに写っていたのは、間違いなく彩葉だ。

「……彼女は？」

ヤヒロが声を低くして訊いた。

「最近、動画で話題になってるんだ。噂では、この子も横浜にいるらしい。だからこの辺りをうろついてたら会えるんじゃないかと期待してたんだが――」

「どうしてその話を俺に……？」

「いや？　だって、こんな可愛い子を見かけたら、地元の男子の間で噂になるだろ？」

ドウジがとぼけた口調で言う。ヤヒロは一瞬、面喰らったように顔をしかめて、

「こいつを見つけてどうするつもりだ？」

「――彼女を捜してる人たちがいるの。私たちは、その人たちの代理ということね」

ドウジの代わりに答えたのは、みやびだった。

彼女の言葉を肯定するように、ドウジは深々とうなずいて、

「そういうわけだ。人捜しのために雇われた私立探偵みたいなもんだな」

「なるほど」

ヤヒロは圧し殺していた息を吐きだした。

彩葉の正体を探っている組織だか企業だかが、彼女についての調査をドウジたちに依頼する。ドウジたちが彩葉と同じ日本人で、横浜の土地勘を持っていることを考えれば、あながちあり得ない話ではない。

「もしその女の子を見つけるのに協力したら、あたしたちも報酬がもらえたりする？」

ジュリが何喰わぬ顔で会話に交じってくる。

ドウジは迷いなくうなずいて、ポケットからメモ帳を取り出した。サラサラとなにかを書きこんで、破ったメモをジュリに渡す。

「もちろんいいぜ。俺たちの雇い主に話を通してやる。なんか気づいたことがあったら、このアドレスにメールしてくれ」

「了解でーす。あたしはジュリね。おじさんは？」

「おじっ……⁉」

ジュリのひと言に思いがけないダメージを負ったのか、ドウジがグッと悔しげに呻いた。

「俺はドウジ。山瀬道慈だ。で、そこにいる若作りの女が舞坂みやび」

「若作りじゃなくて本当に若いのよ」

澄まし顔でそう言って、みやびはヤヒロに微笑みかける。

「鳴沢八尋だ」

複雑な感情を覚えながら、ヤヒロも名乗った。せっかく日本人の生き残りと出会えたのに、彼らが彩葉の正体を探っているせいで素直に喜べない。

「じゃあな、ジュリとヤヒロ。連絡待ってるぜ」

そんなヤヒロの葛藤に気づかず、山瀬道慈は人好きのする笑みを浮かべて言った。

立ち去る彼ら二人の姿を睨んで、ヤヒロは無言で唇を噛むのだった。

4

山瀬たちと別れて五分も経たないうちに、ものすごい勢いで走ってきた二台の軽装甲車が、ヤヒロたちのすぐ傍に急停止した。蹴破るような勢いでドアを開け、慌ただしく車を降りてきたのはギャルリー・ベリトの戦闘員たちだ。

「姫さん、無事か!?」

アサルトライフルを装備したジョッシュ・キーガンが、緊迫した表情でジュリに声をかける。

「ジョッシュ……？」

ヤヒロはそんな仲間たちの姿を、立ち尽くしたまま呆然と見つめた。

ジョッシュたちは全員がボディアーマーを着用し、銃器で武装したフル装備だ。明らかに殺気だった彼らの姿に、無関係な通行人や、露店の店主たちが怯えて顔を引き攣らせている。

「さすが、ろーちゃん。手配が早いね」

一方、ジュリは驚いた素振りも見せずに、集まってきた戦闘員たちを満足げに眺めていた。どうやらジョッシュたちを送りこんできたのはロゼで、ジュリにはその理由がわかっているらしい。

「戦闘にはならなかったから大丈夫。問題ないよ。向こうもこんなところでヤヒロに会うとは思ってなかっただろうし、今回は顔見せだけのつもりだったんだろうね」

ジュリがにこやかな口調で説明し、それを聞いたジョッシュたちが緊張を解く。

一人だけ状況を理解できていないヤヒロが、不満げな顔つきでジュリを睨んだ。

「どういうことだ？　顔見せって？」

「気づかなかった？　山瀬道慈はヤヒロと同じ、不死者だよ」

ジュリが事も無げな口調で言った。

自分がなにを言われたのか理解できずに、ヤヒロは間の抜けた表情でジュリを見つめ返す。

「山瀬道慈が、不死者？　じゃあ、あのみやびって人は……」

「舞坂みやび。風の龍〝イラ〟の巫女だね。天帝家に逆らって、粛正されたって聞いてたけど、生きてたんだね」

「風の龍の巫女……」

ヤヒロはぞくりと背筋が逆立つのを覚えた。

山瀬道慈が不死者だとすれば、彼も神蝕能を使えるはずだ。天変地異すら引き起こす強大な龍の権能を――

「じゃあ、もしあいつらが俺たちを攻撃するつもりだったら……」

「今のヤヒロに勝ち目はなかったよね。加護を与えてくれる彩葉が傍にいないじゃ、不死者なんてただしぶといだけの一般人だもんね」

ジュリが辛辣な評価をさらりと口にする。

しかしヤヒロには反論できなかった。ジュリの言葉が事実だからだ。

「そんな連中が、どうして彩葉を捜してるんだ？　彩葉はあいつらの同類だろ？」

「山瀬道慈って名前を聞いて、気づかなかった？」

「いや、そう言われても……」

ヤヒロは自分の記憶を探るが、やはり山瀬道慈とは初対面だ。ヤヒロは彼のことをなにも知らない。そのはずだ。だが、なにかが心の隅にひっかかる。

「あ……！　ヤマセ・ドウジ……まさかヤマドーって、山瀬道慈の略なのか？」

「ありがちなハンドルネームだよね」

やっと気づいたのか、とジュリが苦笑した。

山瀬は自分の正体を隠していたわけではなかった。その逆だ。

ヤヒロが彼らを捜していると知って、わざわざ接触してきたのだ。ジュリの言葉どおり、ヤヒロに自分たちの存在を知らせるために――

「ってことは、彩葉を捜してるっていうのは、俺たちに話しかける口実か。彩葉の居場所くらい、あいつらには当然わかってるくせに……！」

「まあ、そうだね」

ジュリが小さく肩をすぼめる。

ヤヒロは怒りのあまり言葉も出せずにいた。彩葉の秘密を世界中に暴露しておいて、ヤヒロには知らん顔で接触してくる。いいように弄ばれているという印象は拭えない。

「けどよ、なんで同じ龍の巫女が、彩葉の嬢ちゃんの正体を暴露するんだ？　自分たちだって、仕返しで同じことをやられる可能性があるんだぜ？」

ジョッシュが困惑したように尋ねてくる。

当然の疑問だとヤヒロは思った。龍の巫女という立場でいえば、舞坂みやびは彩葉と同じだ。彩葉が龍の巫女だと喧伝する山瀬たちの行動は、巡り巡って自分たちの首を絞めることになる。

「それは本人に聞いてみないとわかんないな。いくつか仮説がないわけじゃないけどね」

ジュリが思わせぶりな口調で告げる。ほう、とジョッシュは感心したようにうなずいて、

「たとえば？」

「動画の再生回数稼ぎ」

「あー……」

ヤヒロたちが一斉に納得の声を洩らした。

投稿した動画の再生回数が増えれば、配信者である山瀬の収入は増える。再生回数を伸ばすために、炎上覚悟で秘密を暴露するという動機は考えられないことではない。

「または誰かに頼まれただけって可能性もあるね」

「頼まれた？」

ヤヒロが怪訝な表情でジュリを見返す。そうだよ、とジュリはうなずいて、

「山瀬本人も言ってたでしょ。雇い主の代理だって」

「あいつらにも出資者がいるってことか。俺らにはわかりやすい話だな」

ジョッシュがポンと手を打った。

彩葉を陥れたのは山瀬たちの意思ではなく、単に雇い主に従っているだけ——それはヤヒロにも納得しやすい仮説だった。

龍の巫女の存在が公になることで、利益を得る組織は確実に存在するはずだ。

事実、彩葉を保護しているギャルリー・ベリトは、山瀬の動画のせいで面倒な立場に追いこまれている。ギャルリーの競合他社にとっては、ある意味チャンスといえるだろう。

「じゃあ俺たちはどうすればいいんだ？　どうすればあいつの動画の公開を止められる？」

ヤヒロがジュリに詰め寄って訊いた。

「相手の雇い主の目的を調べて、交渉するってのが現実的かな。この連絡先は、そのために渡してきたんだろうしね」

山瀬（ヤマセ）から受け取ったメモを、ひらひらと揺らしてジュリが答える。

「交渉、か……」

ヤヒロが苦い表情を浮かべて引き下がる。

組織や企業間の面倒な交渉事はヤヒロの専門範囲外だ。しかし相手がヤヒロと同じ不死者（ラザルス）では、捕らえて力尽くで言うことを聞かせるという手段は使えない。

ここはジュリの言うとおり、彼女たちに交渉を任せるしかないのだろう。

「そういうわけだから、ジョッシュたちはもう本部に戻っていいよ。ヤマドーの動画に影響されて集まってきた盗撮犯たちは、ろーちゃんが片付けてくれたみたいだし」

ジュリがジョッシュと彼の部下たちに告げる。

ジョッシュたちは、ジュリを山瀬（ヤマセ）から守るために派遣されてきた護衛だ。山瀬（ヤマセ）が大人しく立ち去った以上、彼らをここに残しておく理由はない。

「姫さんはどうするんだ？」

それでもジョッシュは不安そうに訊（き）き返した。

ギャルリー・ベリトの戦闘員（オペレーター）の多くは、なぜかジュリを女王のように崇（あが）めている。ジョッシュがジュリを姫と呼んでいるのも、べつに彼女をからかっているわけではないのだ。護衛は不要だからさっさと帰れと言われても、素直に従う彼らではない。

「あたし？　あたしはせっかく街に出たんだから、ヤヒロとデートしてから帰るよ」

「デートぉ？」

ジョッシュが声を裏返らせて叫んだ。彼の背後にいた部下たちが、殺気立った表情で一斉にヤヒロを睨みつけてくる。

「……そんな話は聞いてないぞ」

ヤヒロは迷惑そうな視線をジュリに向けた。

ジュリは、それに構わずヤヒロの左腕にしがみつき、

「たまにはいいでしょ。もしかしたら、この先しばらく横浜を離れなきゃかもしれないし」

「横浜を離れる？　それって、もしかして彩葉のために……？」

「彩葉の居場所がバレてるのが問題なんだから、ひとまず逃がすのが手っ取り早いかなって」

「それはそうだが……」

ヤヒロはジュリの決断の早さに舌を巻いた。たしかに彼女の言うとおりだ。

ギャルリー・ベリトは〝揺光星〟という装甲列車を保有しており、日本全土を自由に移動できる。生半な企業や組織では追跡は不可能だし、追跡者の数が減れば、本当の敵を見極めるのも容易になるだろう。

ロゼが狙撃で盗撮犯を排除したのは、彩葉が移動する際の目撃者を減らすためなのかもしれない。ギャルリーはヤヒロも気づかないうちに、盗撮犯への対策を着々と進めていたのだ。

「俺たちが旧山手地区をうろついてるのも、陽動か？」

ヤヒロは自分の左腕にぶら下がったままのジュリに訊(き)く。

ジュリは悪戯(いたずら)っぽく微笑(ほほえ)んで、

「そうだね。盗撮犯を本気で捜してると思わせといたほうが、いろいろお得かなって」

「まあ、そういうことなら仕方ないか」

ヤヒロは静かに嘆息した。ギャルリーの戦闘員(オペレーター)たちに妬(ねた)まれるのは面倒だが、状況が状況だけにジュリに従うのもやむを得ないかと覚悟を決める。

だが、ギャルリーの隊員たちが渋々と撤収を始めるより早く、新たな装甲車両のエンジン音が聞こえてきた。重武装の装輪装甲車が三台、ヤヒロたちのほうへと真(ま)っ直(す)ぐに近づいてくる。

反射的に警戒する素振りを見せたジョッシュたちが、戸惑ったように動きを止めた。

近づいてきた車両の所属に気づいたからだ。

「連合会(ギルド)本部の装甲車？　こんな商店街になんの用だ？」

ヤヒロの表情に戸惑いが浮いた。

連合会(ギルド)とは、横浜(よこはま)に本拠を置く民間軍事会社数十社の互助組織。彼らの主な役割は、貴重な港湾施設を有する横浜(よこはま)地区の治安維持だ。

しかしヤヒロたちは今のところ大きな問題は起こしていない。ロゼの狙撃程度の騒ぎは横浜(よこはま)では日常茶飯事で、わざわざ連合会(ギルド)が出てくるほどの事件性はないはずだ。

そんなヤヒロの予想と裏腹に、連合会(ギルド)の装甲車はヤヒロたちを包囲するように停止した。

先頭の車両から降りてきたのは、ヤヒロもよく知っている顔だった。

「ここにいたか、鳴沢八尋」

「アクリーナ・ジャロヴァ……さん？」

連合会の会頭秘書である女性を見返して、ヤヒロは困惑を深くする。彼女ほどの大物がヤヒロに声をかけてきたことに、不穏な印象が拭えない。

「うちの契約社員になんの用かな、アクリーにゃん？」

ヤヒロを庇うように、ジュリがアクリーナに問いかける。

「変なあだ名で呼ぶのはやめてもらおう、ジュリエッタ・ベリト」

アクリーナは本気で嫌そうに顔をしかめ、すぐに気を取り直したように姿勢を正した。

「鳴沢八尋。連合会本部からの要請だ。すまないが今から我々に同行してもらおう」

アクリーナが硬い口調でヤヒロに告げた。

彼女の部下である連合会の戦闘員たちが、銃口をヤヒロたちに向けてくる。当然ジョッシュや彼の部下たちも銃を構えていた。完全に一触即発の状況だ。

「俺が……あんたらに同行？　なぜだ？」

ヤヒロはわけがわからず訊き返す。

ギャルリーの責任者であるジュリたちや、盗撮動画で騒ぎを起こしている彩葉が呼び出されるなら、まだわかる。しかしヤヒロの立場は、表向き単なる戦闘員の一人に過ぎない。連合会の幹部が直々(じきじき)に迎えに来る理由がない。

だが、アクリーナにとっても、そんなヤヒロの反応は織りこみ済みだったらしい。

当然の疑問だ、というふうに彼女はうなずき、重々しい口調で告げた。短く。

きみに殺人の容疑がかかっているからだ――と。

5

山瀬(ヤマセ)道慈(ドウジ)が隠れ家として使っているのは、旧山手(やまて)地区にある廃屋だ。大殺戮(ジェイノサイド)が起きる前までは、喫茶店として使われていた場所らしい。

埃(ほこり)をかぶった店内には、動画編集用のパソコンと放送機材が所狭しと置かれている。そこが暴露系配信者(ストリーマー)ヤマドーの収録スタジオなのだ。

「なかなか可愛(かわい)らしい子だったわね」

缶詰を詰めこんだ紙袋をキッチンに置いて、舞坂(まいさか)みやびが呟(つぶや)いた。

山瀬(ヤマセ)はキャンプ用のガスバーナーを使ってコーヒーを淹(い)れながら、不機嫌そうに唇を歪(ゆが)める。

「ざっけんな。あの小娘、俺のことをおっさん呼ばわりしやがって」

「ジュリエッタ・ベリトじゃないわ。不死者(ラザルス)の男の子のほうよ」

「鳴沢八尋(ナルサワヤヒロ)か」

古びたカウンターテーブルに頬杖をついて、山瀬はフンと鼻を鳴らした。

「まあ、たしかに想像してたのとは違ったな。あの鳴沢珠依の兄貴というから、いけ好かない生意気なガキだと思ってたんだがな」

「ああいう普通の子だからこそ、地の龍に見初められたのかもしれないわね」

「かもな」

同情するように独りごちたみやびに、山瀬が気のない相槌を打つ。

みやびは無言でうなずくと、山瀬が向き合っているパソコンの画面に視線を向けた。

「動画の再生数はどう？」

「想定してたよりもだいぶ多いな。火の龍の巫女の見てくれの良さが効いたのかもな。助かるぜ。おかげで次の仕掛けがやりやすくなる」

「情報の引き合いは？」

「そっちは期待したほどの数じゃないな」

動画サイト経由で届いたメッセージをざっと眺めて、山瀬は首を振った。

侭奈彩葉に関する情報を欲しがっている組織や企業は少なくない。山瀬は彼らが求めている情報を、適正な値段で販売すると動画内で告知していた。

すでに十数件の契約は成立していたが、正直に言えば物足りない数字だ。

「まあ、これぱかりは仕方ないさ。横浜は米軍の管轄だし、民間軍事会社連合会の自治区になって他国の軍隊は入れない。自前の軍事部門を持ってない企業は、たとえ龍の巫女の居場所がわかったとしても迂闊には手出しできないからな」

「彼らが、それで満足してくれればいいのだけど」

「うちらの依頼人どものことなら心配ないさ。必要最低限の戦力は確保してあるし、それにちょっと面白い客も来てる」

「お客って？」

みやびが、怪訝な表情で山瀬を見た。

ちょうど同じタイミングで、廃屋の玄関の方角からドアノッカーの音が聞こえてくる。

「噂をすれば、だな……入れよ、開いてるぜ！」

山瀬が玄関に向かって大声で叫んだ。

ギシギシと蝶番を軋ませて玄関のドアが開き、訪問者が顔を出す。

彼らの姿を見たみやびは、驚きに目を細めた。

訪問者は男女の二人組。最初に入ってきたのは学生服を着た少女だった。

「お邪魔しまーす」

人懐こい笑顔を浮かべた彼女が、日本語でみやびたちに呼びかけてくる。

明るく染めた髪と着崩した制服。足元はルーズソックスとローファーだ。大殺戮前の世界から抜け出してきたような、典型的なギャルである。

「失礼する」

続けて入ってきたのは、長身の少年だ。こちらは制服を隙なく着こなし、ナイロン製の竹刀袋を担いでいる。怜悧な顔立ちに黒縁の眼鏡——生真面目な剣道部員という印象の若者だ。

「あなたたちは……」

学生服の二人組を見つめて、みやびが呆然と呟く。

山瀬はそんなみやびを眺めてククッと喉を鳴らし、訪問者に向けて親しげに笑いかけた。

「よく来たな。歓迎するぜ、日本人」

第二幕 フォルス・チャージ

THE HOLLOW REGALIA

CHAPTER.2

1

「――ヤヒロが逮捕された？」

ロゼの口から語られた突然の報告に、彩葉(いろは)は小麦粉をこねる手を止めた。盗撮犯のせいで窓のない部屋に押しこめられている腹いせに、創作麺料理に挑戦していた途中だったのだ。

「……逮捕ではなく、任意同行です。身柄を拘束されているという点では大差ありませんが」

充満する強烈な香菜(シャンツァイ)の匂いに顔をしかめつつ、ロゼがいつもの平坦(へいたん)な口調で訂正する。

「ど、どうしてそんなことになってるの!?」

「横浜要塞(よこはまようさい)近辺で殺人事件が起きています。三日連続で被害者は合計七人。被害者の一人は女性で、強姦(ごうかん)の痕跡もあったとか……残りは行きずりの強盗殺人のようですね」

「ご、強姦(ごうかん)……殺人……」

刺激の強い単語の羅列に、彩葉が理解が追いつかないというふうに絶句した。

一方、厨房で料理の下ごしらえを手伝っていた子どもたち——九歳児トリオは冷静だった。

「なにそれ。ヤヒロがそんなことするわけないじゃない」

バッサリと切って捨てたのは、ボーイッシュな雰囲気の少女——ほのかだ。

「そうだね。ヤヒロ兄ちゃんはストイックだからね」

隣にいた美少年——希理も真顔で同意する。

「ママ姉ちゃんのデカ乳で迫られても、相手にしてなかったもんな」

最後に京太が、ませた口調でそう言って笑う。

そんな京太の頭に彩葉がゴンと拳骨を落とした。姉弟といえどもセクハラには厳しいのだ。

「いつわたしがヤヒロに迫ったのよ？」

「……丹奈姉ちゃんたちが帰ったあとに、ヤヒロにキスしろって……」

頭を押さえてうずくまりながら、涙目になった京太が弱々しく反論する。

忘れたい記憶を呼び覚まされた彩葉は、うわあああ、と頭を抱えて作業台に突っ伏した。

「あああああ……あれは違うの……そういうんじゃないの……忘れて……」

屍のような目つきになって、彩葉がうわごとを呟き続ける
そんな長姉の姿を呆れ顔で一瞥して、ほのかはロゼに向き直った。

「どうしてヤヒロが逮捕されることになったの？」

「目撃者がいたんだと」

　ロゼの代わりに答えたのは、ヤヒロが拘束される現場に居合わせたジョッシュだった。

　ほのかが大人びた表情で目を瞬（またた）く。

「目撃者？」

「ああ。そいつの証言によれば犯人は東洋人の若い男で、武器は銃じゃなく、山刀（マチェット）みたいな大振りの刃物。こいつは死体の傷口とも一致してる」

「まさか、それだけの理由でヤヒロを犯人と決めつけたの？」

「いや、決定的な証言がもう一個あるんだ」

　冷静に訊（き）き返してくるほのかを見て、ジョッシュは面白そうに眉を上げた。

「犯人は襲撃中に被害者から反撃を喰（く）らってる。撃ちこまれた弾丸は最低でも二十発以上。それでも平然と目的を果たして立ち去ったらしい」

「それって……！」

　彩葉（いろは）がガバッと勢いよく頭を上げた。その頬がわずかに青ざめている。

「ああ。犯人は不死者（ラザルス）だ」

　ジョッシュが苦々しげにうなずいて告げる。

「ヤヒロが重要参考人として連合会（ギルド）に引っ張っていかれた理由はそれでわかるだろ。さすがに目撃者の証言だけで犯人と決めつけられることはないだろうけど、横浜（よこはま）の治安維持を任されてる連合会としては、無視も出来ないだろうからな」

「で、でも任意同行ってことは、事情聴取が終わったら帰ってこれるんだよね？」

彩葉が不安そうな表情でロゼたちを見上げた。ロゼは冷たく首を横に振る。

「ジュリが連合会と交渉中です。ですが、すぐに解放してもらうのは難しいでしょうね。ヤヒロの無実が証明されれば別ですが」

「無実を証明するって……どうやって？」

「ヤヒロが捕まってる間に、新しい事件が起きればいいんじゃねえか？」

無責任にそう言い放ったのはジョッシュだった。

「それって被害者が増えるってことじゃないの？」

彩葉が咎めるような視線をジョッシュに向ける。

ジョッシュは、それはそうなんだが、と苦笑して、

「無関係なヤヒロを捕まえて満足してるようなら、どのみち次の事件は防げないだろ」

「……いえ。おそらくですが、次の事件が起きることはないでしょう」

ロゼがジョッシュの反論を否定した。ジョッシュが訝るようにロゼを見る。

「どうしてそんなことがわかるんだ、お嬢？」

「真犯人の目的は、ヤヒロを連合会に拘束させることだからです」

「ヤヒロを？　目的を果たした以上、殺人を続ける理由はないってことか？　だけど、なんの

ために ヤヒロに濡れ衣を着せたんだ？」

「ヤヒロが連合会に捕まっている間は、彩葉も横浜を離れることができないからです」

唐突なロゼの説明に、彩葉は、え、と驚きの声を漏らす。

「わ、わたしのせい？　わたしのせいで無関係な人たちが殺されたの？」

「あなたが責任を感じる必要はありません。真犯人が勝手にやったことですから」

「でも……！」

「そうか……全部つながってるってことか……」

ジョッシュが顎に手を当てて低く呟いた。

「例の暴露動画を公開した連中は、彩葉の嬢ちゃんが姿を隠すことを恐れてた。だからヤヒロを連合会に捕まえさせて、嬢ちゃんが横浜から逃げ出せないようにしたんだな？」

「真犯人には、どうしても彩葉を見失うわけにはいかない理由があるのでしょうね」

ロゼが静かに息を吐く。

盗撮犯への対策として、ロゼたちが、彩葉を横浜の外に連れ出す準備をしていることは彩葉も聞いていた。しかしヤヒロが連合会に拘束されたことで、その計画は実行不能になった。

彩葉が傍にいなければ、ヤヒロは神蝕能が使えない。そしてヤヒロの神蝕能なしで、彩葉を、他の不死者の襲撃から守り抜くことは不可能だからだ。

「けどよ、そんな雑な時間稼ぎ、そう長く続くようなものじゃないだろ？」

　ジョッシュが不満そうな口調で指摘する。連合会（ギルド）は決して無能な集団ではない。無実のヤヒロをいつまでも拘束し続け、真犯人を取り逃がすような愚かな真似（まね）はしないはずだ。

「そうですね。ですから、近いうちに新たな動きがあるでしょう」

「新たな動き？」

「龍の巫女（みこ）の正体と居場所が特定されたとき、それを欲しがっている勢力は次にどう出てくると思いますか？」

「交渉、脅迫、実力行使――ってところか」

　ロゼの質問に、ジョッシュはうんざりしたような口調で答えた。

　彩葉（いろは）を独占しているギャルリーに対して、彼女の譲渡を要求し、それが叶（かな）わなければ力ずくで奪い取る。立場が変われば、ギャルリーも同じことをするだろう。

「そうなる前に横浜を脱出するつもりだったのですが、どうやら私たちの行動は予測されていたようですね」

「……でも、それってヤヒロの無実を証明できれば解決することだよね？」

　ほのかがなにやら含みのある表情で質問した。

　連合会（ギルド）がヤヒロを解放すれば、ロゼたちは彩葉（いろは）を連れて横浜を脱出できる。彩葉（いろは）の居所を隠蔽できれば、彼女を狙う組織との交渉は圧倒的に有利になるはずだ。

「だったら、あたしたちが真犯人を見つければいいんじゃない？」

「ほ、ほのか……？」

彩葉がギョッとしたような表情で妹を睨みつけた。

彼女の弟妹たちの中でも、ほのか、希理、京太の九歳児トリオは、悪戯好きの問題児集団だ。ヤヒロとの初対面でも物怖じすることなく、彼に馴れ馴れしく話しかけるようなふてぶてしさもある。中でもほのかは三人のリーダー格であり、年齢のわりに頭が回る。なにを言い出すのか、と彩葉が警戒したのは、それが理由だ。

「たしかにそれができれば最善ですが、できますか？」

ロゼが興味を惹かれたように訊き返す。

ほのかは待ってましたとばかりに自分の胸を力強く叩いて、

「任せて！」

「ちょ……ちょっと、ロゼ、本気？　ほのかたちはまだ九歳だよ？」

「私とジュリは九歳のときには、大学の博士課程を修了していましたが？」

「それはロゼたちが凄すぎるだけでしょ⁉」

彩葉が悲鳴のような声を上げた。ほのかの申し出は非常識だが、ロゼたちはスペックそのものが非常識で常識が完全に欠落していたらしい。

そもそも九歳児に仕事を任せて成果がなくても、ギャルリー・ベリトに損失はない。ほのかの提案を受け入れるのは、ロゼにしてみればむしろ当然の判断なのだった。

「もちろん引率はつけますよ。ジョッシュ」

「まあ、そうなるだろうとは思ったぜ」

ジョッシュが諦観の籠もった口調で弱々しく呟(つぶや)いた。そして彼は気を取り直したように顔を上げると、子どもたちに向かってやけくそ気味に呼びかける。

「行くぞ、チビども！」

「はーい」

三人の九歳児は元気よく返事をして、ジョッシュのあとをついていく。

彩葉(いろは)は途方に暮れたような表情で、そんな弟妹(きょうだい)たちを見送るのだった。

2

同時刻。ヤヒロは連合会(ギルド)本部の取調室で、アクリーナ・ジャロヴァと向かい合っていた。

自分にかけられている連続殺人の容疑について、彼女の口から聞かされたところだ。

「……殺人犯の正体が、不死者(ラザルス)だと？」

「目撃証言や現場の状況から、そう結論せざるを得ないと判断した」

ヤヒロと向かい合って座るアクリーナが、生真面目な口調で説明する。

彼女の左手首とヤヒロの右手首は、見るからに頑丈そうな金属製の手錠で連結されたままだった。ヤヒロを連合会本部に連行する際、ヤヒロに逃げられないようにと、アクリーナが自ら装着したのだ。

「横浜にいる不死者は俺だけじゃないぞ」

自由になる左手で髪をかき上げながら、ヤヒロが溜息まじりに伝える。

「わかっている。我々も、現時点できみが犯人だと断定するつもりはない。だからといって、きみを放置するわけにもいかない。きみが最有力の容疑者なのは事実だからな」

アクリーナが苦々しげな口調で言った。

彼女も、ヤヒロが連続殺人犯だと本気で信じているわけではないのだろう。しかし公正中立を標榜する連合会としては、ヤヒロの身柄を確保しないわけにはいかなかったのだ。でなければ、ほかの傘下企業から不満が出るからだ。

「納得はできないけど、あんたの立場はわかったよ、アクリーナさん」

ヤヒロは溜息をついて、安っぽいパイプ椅子に背中を預けた。

アクリーナに敵意がないと判明すると、彼女と二人きりで狭い部屋の中にいるのが急に気になってくる。本人に自覚があるのかどうかはわからないが、アクリーナは、モデルでも通用しそうなレベルの美人なのだ。間近で向かい合っていると、花のようないい匂いも漂ってくる。どうも緊張してやりにくい。

そんなヤヒロの困惑も知らず、アクリーナはあくまでも真面目な態度で続けた。

「立場といえば、ギャルリー・ベリトも厄介な立場に置かれているようだな」

「あんたも見たのか、あの暴露動画」

「連合会の中でもだいぶ話題になってるよ。我々の傘下には山の龍との戦闘に参加した民間軍事会社も少なくないからな」

アクリーナが物憂げな表情で首を振る。

連合会の幹部である彼女は、龍の巫女の存在を以前から知らされていた人物の一人である。それだけに、彩葉の正体が暴露されたことによる影響の大きさを理解しているのだろう。

「今のところ、侭奈彩葉に対する戦闘員たちの心証は悪くない。山の龍の一件では、彼女は横浜要塞を守った功労者だからな」

「そうか……だったらよかったよ」

「だが、企業としての思惑となると話は別だ。龍の巫女が金になるとわかれば、ギャルリー・ベリトを出し抜いて、彼女の身柄を手に入れようとする会社が出てこないとも限らない」

「連合会は、傘下企業同士の私闘を禁止してるんじゃなかったのか？」

ヤヒロがアクリーナの言葉を聞き咎めた。

民間軍事会社の自治区である横浜では、企業同士の抗争がギルドによって固く禁じられている。でなければ、企業間の争いが再現なくエスカレートして、横浜自体が戦場になり、貴重な港湾施設が破壊されかねないからだ。

「その通りだ。だが、抜け道がないとは限らない」

アクリーナが重々しくうなずいた。ヤヒロは少し驚いて、

「抜け道？　具体的には？」

「そ、それはわからない。だけど会頭がそう言ってたんだ」

「あの爺さんの受け売りかよ……」

「会頭のことを爺さんと呼ぶな！　抜け道なんだから事前にわからないのは仕方ないだろ！」

アクリーナが顔を真っ赤にして反論する。

連合会の会頭であるエヴグラーフ・レスキンに幼いころに命を救われて以来、アクリーナは彼のことを父親のように慕っていると聞いていた。アクリーナの心証を良くするためにも、レスキンの悪口は言わないほうがよさそうだ――とヤヒロは少し反省する。

「まあ、それはそうか……けど、俺がここにいても連続殺人犯は野放しのままだぞ？」

「横浜要塞周辺の警備は強化している。これ以上の犠牲者を出すつもりはない」

アクリーナが、ムキになったことを誤魔化すように、努めて冷静な声で答えた。

ヤヒロは黙って肩をすくめる。どのみち今は彼女の言葉を信用するしかないのだ。

「それで、俺はいつまでこうしてあんたと手を繋いでいればいいんだ？」

右手に掛けられたままの手錠を見下ろして、ヤヒロが訊いた。

その瞬間、アクリーナが突然気まずげに目を泳がせる。

「う、うむ。実はそのことなんだが……きみはピッキングの心得があったりしないか？」

「ピッキング？」

脈絡なくアクリーナが口にした単語に、ヤヒロは嫌な予感を覚えた。

「って、まさかあんた、なくしたのか？　手錠の鍵を？」

「しっ、静かに！　声が大きい！」

アクリーナが慌ててヤヒロの口を押さえる。当然といえば当然の話だが、彼女としてはこの間抜けな状況を、部下に知られたくないと思っているらしい。

「どうすんだよ、この無駄にごつい手錠。針金を突っこんでどうにかなる代物じゃないだろ」

「合鍵が……たぶん私の部屋にいけば合鍵があるはずなんだ」

ヤヒロの冷静な指摘に対して、アクリーナが言い訳がましく主張した。

「わかった。あんたの部屋まで一緒に行けばいいんだな？」

「そ、それはそうなんだが、しかし、一人暮らしの女性の部屋に恋人でもない男性を招き入れるというのは、いかがなものかと……会頭にふしだらな女だと思われないだろうか……」

「なんの心配をしてんだよ」

ヤヒロが呆れ顔でアクリーナを眺める。

「俺と二人きりになるのが不安なら、誰か見張りを連れてけばいいだろ。あんたの部下にでも声をかけて——」

「ば、馬鹿なことをいうな！　あんな部屋を部下に見せられるわけないだろ……！」

「……あんな部屋？」

「いや、違うんだ。決して私の部屋に問題があるというわけではなくてだな……」

　ヤヒロに怪訝な顔で訊き返されて、アクリーナが曖昧に言葉を濁す。

「なんだかよくわからんが、このまま俺と手を繋いだままのほうがまずいんじゃないのか？風呂やトイレはどうするんだ？」

「ぐ……」

　声を詰まらせたアクリーナが、観念したようにガックリと項垂れた。

　そして彼女は、幽鬼のようにふらふらと立ち上がる。

「わかった……一緒に来てくれ、鳴沢八尋。ただし、私の部屋で見たものは、絶対に他言無用だからな！」

「あ、ああ……」

　半分涙目になったアクリーナに睨まれて、ヤヒロは、困惑混じりにうなずくのだった。

3

「これは、酷いな」

連合会（ギルド）の幹部が住居として使っているのは、横浜要塞（よこはまようさい）に隣接した高級ホテルの跡地だった。

アクリーナの部屋は、その中の一室。ごくありふれたツインベッドルームだ。

二人用の部屋を一人で使っているのだから、広さにはそれなりに余裕がある。しかし部屋に足を踏み入れた途端、ヤヒロはその惨状に絶句した。

控えめに言って、アクリーナの部屋はとにかく散らかっていたのだ。

脱ぎ散らかした服や靴。飲みかけのビールの缶や空になったペットボトル。消費期限を明らかに超過した保存食のパッケージ。さらには剝（む）き出（だ）しのまま放置された銃器や刃物まで、足の踏み場もないほど無節操に散らばっている。俗にいう汚部屋というやつである。

「言うな。いや、いいんだ……わかっている。激務にかまけて、部屋の片付けを後回しにしてきた私の怠慢だ」

アクリーナが唇を嚙（か）んで目を逸（そ）らす。

「後回しとか、そういう次元の話じゃないだろ。今までよくこんな空間で生活してたな」

「わ、私の部屋のことはどうでもいいだろ！　目的は手錠の合鍵だけなんだから！」

「いや、この状況で合鍵を見つけ出すのは不可能だろ。少しでも部屋を片付けないと」

「おい、待て！　なにをするつもりだ？」

足元の荷物に手を伸ばしたヤヒロを、アクリーナが慌てて制止する。

ヤヒロはうんざりしたように息を吐きだして、

「見ればわかるだろ、掃除だよ、掃除。ひとまず床に落ちてるものをここに集めるから、あんたは捨てるものと必要なものを選り分けてくれ」

俺には全部ゴミにしか見えないが、と言いたい気持ちをグッとこらえてヤヒロが指示を出す。

「う、うむ」

「ほら、ゴミ袋。可燃物と不燃物の区別はどうでもいいが、電池とスプレー缶はほかのものと別にしとけよ。事故の原因になるからな」

「そ、そうか。了解した」

生来の生真面目さが発揮されたのか、アクリーナは意外と素直に荷物の分別を開始した。

しかしお互いの手首が手錠で繋がれているせいで、作業の効率は今ひとつだ。それでもヤヒロとアクリーナは二人で協力して、なんとか部屋をゴミを片付けていく。と、

「これは……？」

床に積み上げられていた本の束を発見して、ヤヒロは怪訝な声で呟いた。

日本のマンガを題材に、ファンが制作した二次創作の漫画。いわゆる同人誌というやつだ。

「うわあああああ！」

アクリーナが甲高い悲鳴を上げて、ヤヒロの手から同人誌を奪い取る。そして彼女は自分の背中に同人誌を隠して、追い詰められた表情でヤヒロを睨みつけた。

「み、見たのか？」

「ああ、懐かしいな、その漫画。子どものころにアニメで見たことがある。あんたもこういうの読むんだな？」

同人誌の表紙に描かれているのは、古い少年漫画に出てくるキャラクターだ。主人公の良き理解者として活躍する、筋骨隆々の大男である。人気の高い人物ではあるが、同人誌の主役としてはマニアックという印象がぬぐえない。

「い、いや……これは、資料！　そう、あくまでも日本を知るための資料なんだ」

顔を真っ赤にしたアクリーナが、余裕のない口調で力説する。

「日本を知るため？　この漫画の舞台はヨーロッパ風の架空世界だろ？」

「しかしこれを描いたのは日本人だろ！　だから日本文化の資料だ！」

「まあいいけど……」

ヤヒロは首を捻りながら、アクリーナの主張を受け入れた。

そういえば表紙のキャラクターは、どことなく連合会会頭のレスキンに似ている気がしたが、なぜか触れないほうがいいという予感がしたので黙っておく。

「私の資料のことは放っておいてくれ。それよりも部屋の掃除をするんだろ！」

同人誌を書類棚の奥にしまいながら、アクリーナが必死に話題を変えた。

「部屋の掃除じゃなくて、合鍵の捜索が目的なんだけどな」

ヤヒロは苦笑まじりに部屋の中を見回した。そして、部屋の片隅に盛り上がっている布の山に目を留める。アクリーナが脱ぎ捨てた衣服が堆積して、地層と化してしまっているのだ。

山の頂上付近にあるコートを持ち上げると、その下にある堆積物の全容が見えてくる。

「これ、ベッドだったのか。今までどこで寝てたんだ?」

「それは……まあ、その辺の空いているスペースで……」

テーブルの下を指さして、アクリーナがごにょごにょと小声で言った。

「床かよ! ったく……あーあー……制服以外全部ヨレヨレじゃねえか……ん?」

しわくちゃになったシャツをハンガーにかけ直していたヤヒロは、転がり落ちてきた布きれを反射的に受け取った。ハンカチほどのサイズの小さな衣服だ。

丸まっていたその布きれを何気なく広げて、ヤヒロはそのまま硬直した。布きれの正体が、女性用のパンツだということに気づいたからだ。

「ぎゃあああああっ!」

アクリーナが再び悲鳴を上げた。味も素っ気もない実用一辺倒のボクサーパンツだが、さすがに下着を見られて冷静ではいられなかったらしい。

「ち、違うんだ、これは。まとめて洗濯するつもりで——!」

「ば、馬鹿、そんな無理に引っ張ったら……!」

ヤヒロからパンツを奪い返そうと、アクリーナが慌てて手を伸ばす。しかし冷静さを完全に欠いた彼女は、手錠の存在を忘れていたらしい。

「う、うわあああっ！」

アクリーナが急に振り返ったせいで、手錠に繋(つな)がれたヤヒロの右手が無理やり引っ張られる。

ヤヒロとアクリーナはそのまま背中合わせになり、遠心力で互いに振り回される形になった。

当然、二人は大きくバランスを崩し、折り重なるようにしてベッドに倒れこむ。

「ぐぉぉぉ……っ」

「痛(い)ったぁ……」

複雑にもつれ合った姿勢でベッドに横たわり、ヤヒロとアクリーナはそれぞれ苦痛に呻(うめ)いた。

一見すると、背中から倒れこんだアクリーナを、その下にいるヤヒロが抱き止めただけのように思える。だが実際には、手錠で繋(つな)がった二人の腕が変な形で交差しており、ヤヒロたちにもよくわからない状態になっている。

それでも二人が怪我(けが)をしなかったのは、倒れこんだ場所がベッドの上だったからだ。

「くっ……すまない。私としたことが、この程度で冷静さを失ってしまうとは……」

ヤヒロが発見したパンツが使用前の新品だったことを確認して、ようやく冷静さを取り戻したアクリーナが謝罪する。

彼女に乗っかられたままのヤヒロは、居心地悪そうに息を吐きだした。

「とりあえず、俺の上からどいてもらえるか？　この体勢はさすがに近すぎて……」

「わ、わかっている……あ、あれ？　これはどうなってるんだ？」

急いで起き上がろうとしたアクリーナが、もぞもぞと身体を揺すりながら困惑の声を出す。

後ろ手になったままの左手を、強引に引き抜こうと彼女は力をこめ、その瞬間ヤヒロが悲鳴を上げた。

「痛い痛い痛い……！　それ無理！　関節が曲がっちゃ駄目な方向に曲がってるから！」

「しかしこのままでは私の左手が抜けないのだが……！　う、むむ……⁉」

「だから、そっち側からは無理だって……！」

ねじれた右腕を庇いながら、ヤヒロが情けない声を出す。

二人の手首を繋いだ手錠はヤヒロたちの下敷きになっており、さらにアクリーナのコートの裾がからまっているらしかった。しかもその上にアクリーナとヤヒロ、二人の体重がかかっている。適切な方向に寝返りを打てれば、簡単に解けそうな気もするのだが、ベッドの上に積み重ねられた衣服が邪魔して身動きが取れない。

「あ⁉　こ、こら、どこを触って……ひゃあああっ！」

「なんて声を出してんだよ⁉」

「きみが変なところを触るからだろう⁉　ばっ……ばかっ……そこはだめっ！」

ヤヒロたちは密着した状態のまま、どうにか起き上がろうと苦闘する。だが、それぞれが勝手な動きをするせいで、余計に状況が悪化していた。

傍から見れば馬鹿馬鹿しい姿だが、やっている本人たちは真剣だ。

そんな状態が二、三分も続いたころだろうか。突然、部屋の入り口のほうから愉快そうな笑い声が聞こえてくる。

「あれー……ずいぶん楽しそうなことをやってるね。ヤヒロとアクリーナって、そんなに仲良しだったっけ？」

「ジュリ？」

「ジュ……ジュリエッタ・ベリト!? なぜここに……!?」

ヤヒロとアクリーナが、かろうじて自由になる首を巡らせて、部屋の前に立っているジュリを見た。掃除の途中ということで、部屋は閉め切らずに入り口のドアを開けたままだったのだ。

「レスキンと交渉して、差し入れの許可をもらったんだよ。ヤヒロの着替えとか歯ブラシとかで、連合会(ギルド)の案内の人に聞いたら、アクリーナの部屋にいるっていうからさ……」

そこまでひと息に説明したあと、ジュリはベッドの上で抱き合っているヤヒロたちを眺めて、ちょこんと小首を傾(かし)げた。

「——もしかして避妊具も必要だった？」

「「要るかっ！」」

ヤヒロとアクリーナの声が重なった。

息もぴったりの二人の言葉が響いた直後、まるでそれを打ち消すかのように、獣の唸(うな)りに似た低い声が聞こえてくる。

「ヤァアアヒィイイイロォォォォォ……！」

「い、彩葉？」

ジュリの背後から現れて怒気を撒き散らす日本人の少女を、ヤヒロは呆然と見返した。

いちおう変装しているつもりなのか、帽子と眼鏡を着用してはいるが、そこに立っていたのは間違いなく彩葉だ。

「なんで彩葉が横浜要塞に？」

「ヤヒロが心配だったからに決まってるでしょ！　それなのにヤヒロがアクリーナさんの部屋にいるって聞いて、なにやってるのかと思ったら……二人きりでこんなイチャイチャ……」

「待て！　侭奈彩葉、誤解だ……！」

身の危険を感じたのか、アクリーナが声を上擦らせながら彩葉に言い訳した。

「私が鳴沢八尋を部屋に入れたのは、やむにやまれない事情があったんだ」

「あの、とりあえず、ヤヒロと離れてから喋ってもらえますか？」

そんなアクリーナを冷ややかに眺めて、彩葉が言う。アクリーナはグッと言葉を詰まらせて、

「離れられるなら、とっくに離れている！」

「つまり、どうあってもヤヒロから離れる気はない、と……」

「違う、そういうことじゃない！」

「……ヤヒロも同意の上でそういうことをしてるわけ？」

彩葉が静かな口調で訊いてきた。どういう質問だ、とヤヒロは首を傾げる。

「同意もなにも、離れられないんだから仕方ないだろ」

「へー……そうか。そうなんだ。仕方なくアクリーナさんのパンツを握りしめてるんだ？」

「は？ ち、違う、これは――」

「もういいよ！ 帰ろ、ジュリ！」

彩葉が乱暴に鼻を鳴らして、ヤヒロに背中を向けた。そのままドスドスと足音を立てながら部屋を出る。

ジュリは、そんな彩葉の反応を面白そうに眺めながら、おもむろにスマホを取り出した。

「ちょっと待ってて。その前に証拠写真を」

「「撮るな――っ！」」

折り重なるように倒れたまま、ヤヒロとアクリーナが同時に叫ぶ。

ジュリは満面の笑みを浮かべながら、そんな二人の姿をせっせと記録に収めるのだった。

4

「あの、ヤヒロさん……大丈夫ですか？」

ジュリが彩葉とともにアクリーナの部屋を出て行ったあと、怖ず怖ずと声をかけてきたのは佐生絢穂だった。彼女が抱えているのは軍用のパラシュートバッグ。中身はおそらくジュリが言っていたヤヒロへの差し入れなのだろう。

「ああ……って、絢穂も来てたのか」

「はい。その、ヤヒロさんのことが心配だったので」

絢穂がヤヒロを見つめて真剣な声で言う。

彼女の真っ直ぐな眼差しに、ヤヒロは少し戸惑った。しかし、それくらい本気で心配してもらえるのはありがたい、とすぐに思い直す。

「災難だったね。まあ、おおよその事情は見ればわかるけど」

「魏さん……！」

絢穂に続いて部屋に入ってきたのは、ギャルリーの戦闘員の魏洋だった。彼の場合はヤヒロと面会に来たというよりも、絢穂の護衛といった役回りなのだろう。

「面目ない。私としたことが、手錠の合鍵が見つからなくてこのような状況に……」

穏やかな微笑みを浮かべている魏に、アクリーナが謝罪する。ようやくまともに話を聞いてくれそうな相手が現れたことに、内心ホッとしているような表情だ。

「そのようだね。だけど参ったな……彩葉ちゃんはヤヒロの傍に置いておいたほうが安全だと思って連れてきたんだけど」

魏が困ったように頭を掻いた。長身で涼しげな顔立ちの彼がそういう仕草をすると、妙にサマになっている。

「怒って帰っちゃいましたね……」

すみません、と早とちりをした姉の代わりに絢穂が頭を下げる。

「うん。ジュリがついてるから大丈夫だとは思うけど」

魏が不安そうな表情を浮かべているのは、彩葉が盗撮犯に狙われているという事実が頭の片隅にあるからだろう。

とはいえ、連合会の管轄下にある横浜は、現在の日本において、もっとも安全な地域のひとつである。魏が言うように、ジュリがついていてくれるなら、些細なトラブルならどうとでもなるはずだ。

「あの、お二人は合鍵を捜してたんですよね？　もしよかったら手伝いましょうか？」

ヤヒロたちが起き上がるのに手を貸しながら、絢穂が親切に申し出る。

手錠のせいで動きが制限されているヤヒロたちにとっては、願ってもない提案だ。

「いや、しかし部外者であるおまえたちに、そんな面倒をかけるわけには――」

どうにかベッドから脱出して安堵の息を吐きながら、アクリーナは渋い顔をした。

アクリーナの言葉を聞いた魏が、ふむ、と唸る。

「いいのかい？　今の状態のきみたちだけでこの部屋を片付けるのはかなり大変だと思うけど」

「ううう……」

魏の指摘に、アクリーナがシュンと肩を落とした。

散らかりまくった自室を魏たちに見られたことに気づいて、今さらのように恥ずかしくなったらしい。

「ハウスキーパーを雇ったと思えばいいんじゃないか？　俺たちのことはいいから、絢穂には謝礼を渡してやってくれよ。金でもモノでもいいからさ」

ヤヒロが仕方なくアクリーナに助け船を出す。

アクリーナはそれを聞いて開き直ったように顔を上げた。

「そ、そうか。そういうことなら正式に依頼しよう」

「はい、頑張ります！」

絢穂がいつもの控えめな口調で、だが力強くうなずいた。


家事能力に長けた絢穂の活躍でアクリーナの部屋が片付いたのは、それから約二時間後。

だが、肝心の手錠の鍵は、最後まで見つからないままだった。

5

「うおーっ！ なんだ、この車！ かっけぇ……！」

装甲車の後部座席に乗った京太が、車内に取り付けられた計器を眺めて歓声を上げた。

ギャルリー・ベリトが使用している車両はありふれた軍用の多目的装甲車だが、まだ幼い彼らにとって、車で遠出するという体験自体が新鮮なのだろう。宿舎を出発してからずっと、京太のテンションは上がりっぱなしだった。

「思ったより陽射しが強いね。肌が荒れちゃうな」

一方、同じ九歳児でも、希理の表情は物憂げだ。美少女と見間違うほど綺麗な顔立ちをしている彼にとっては、陽射しと埃が気になってドライブを楽しむどころじゃないらしい。

「まったく、この歳になってお子様の探偵ごっこにつき合う羽目になるとはな」

装甲車を運転しているジョッシュが、どこか虚ろな目つきでぼやく。

アイルランド系アメリカ人であるジョッシュは、元ニューヨーク市警察の警察官だ。ギャルリーに雇われている戦闘員の中でも、連続殺人犯を捕まえてヤヒロの無実を証明するという任務に、ジョッシュほど向いている人間はいない。

とはいえ捜査の相棒がティーンエイジャーですらない子どもたちでは、頼りないことこの上なかった。三流コメディ映画かよ、と思わず毒づきたい気分になる。

「探偵じゃなくて、名探偵だよ、助手くん」

そんなジョッシュの葛藤を知ってか知らずか、助手席に座っていたほのかが、妙に尊大な口調で告げた。そもそもこの奇妙な捜査活動も、彼女自身の発案なのだ。

「助手じゃなくて、ジョッシュな。本当に名探偵気取りかよ」

「まあね。外国（よそ）ではどうか知らないけど、この国では昔から子どもが探偵として活躍する文化があるんだよね。だから安心して」

悪びれもせずにほのかが告げる。口調は年相応に舌っ足らずだが、彼女の言葉は理路整然としていて、子どもらしからぬ知性を感じさせた。

姉である彩葉（いろは）より、よっぽど大人びているのではないかとジョッシュは思う。

「それで真犯人を見つけるって言ってたけど、なんか勝算はあるのか？」

「もちろん。でなきゃ引き受けないよ、こんな仕事」

「俺たちも役に立つところを見せねーとな」

ジョッシュの質問にほのかがうなずき、京太（きょうた）も何気ない口調で言った。

続けて、希理（きり）も淡々と答える。

「でないと、いつギャルリーを追い出されても文句は言えないしね。ボクたちは、彩葉（いろは）ちゃんのおまけで置いてもらってるだけだから」

「しっかりしてんな、おまえら」

　やけに現実的な三人の言葉に、ジョッシュは軽く舌を巻く。無邪気に振る舞っているようでいて、彼らは自分たちが置かれている立場を、大人が思う以上にきちんと認識しているのだ。

　ロゼがこの三人の提案を受け入れたのも、彼らの覚悟を見抜いていたからなのだろう。

「……だからって、あのチビっ子まで連れてくる必要はあったのか？」

　ジョッシュが、ルームミラーに映る後部座席をちらりと見る。

　座席の隅に座っているのは、中型犬ほどのサイズの真っ白な魍獣を抱いた幼い少女——彩葉の弟妹たちの中でも最年少の瑠奈だった。

「仕方ないじゃない。彩葉ちゃん以外でヌエマルと話が出来るのは瑠奈しかいないんだから」

　ほのかが不本意そうな声で言う。彼女としても本心では、こんな危険な任務に妹を巻きこみたくはなかったらしい。

「ヌエマル？　あの白い魍獣か？」

「そう。あの子があたしたちの秘密兵器なの」

「秘密兵器ね……警察犬の真似事でもさせる気か？」

「ほう、きみにしては悪くない推理だね、助手くん」

「だからおまえの助手じゃねーっての」

　ジョッシュは気怠げに溜息をつきながら、路肩に車を停止させた。

少し遅れて、後続の車両も近くに停まる。ついて来るなと言っておいたのに、ジョッシュの部下が四人ほど、勝手にあとを追いかけてきたのだ。建前上は護衛のためだと主張していたが、本音では、子どもたちに振り回されている上司を見て面白がっているに違いない。

「着いたぞ。このあたりだな」

ジョッシュはそう言って車を降りた。

横浜要塞の塔の西側——傭兵たち向けの酒場や娼館が集まる歓楽街の外れである。

まだ日暮れ前ということもあってか、周囲に人の姿はない。そのせいか妙に陰鬱とした、近寄りがたい空気が漂っている。

「ここが最新の犯行現場？」

ジョッシュのあとに降りてきたほのかが、なぜか楽しそうに周囲を見回した。

彼女が真っ先に目を留めたのは、廃ビルの壁に穿たれた無数の弾痕と、その付近に残るドス黒いシミだった。

「うおーっ、えっぐ……これ、全部、銃撃の痕かよ？」

「とりあえず、写真撮っておくね」

京太が悲鳴混じりの歓声を上げ、希理がさっそくスマホで自撮りを始める。

「現場検証っつっても、連合会の連中がさんざん調べ尽くしてるし、今さらなんの手がかりもないと思うんだがな」

　ジョッシュはやれやれと首を振りながら、独り言のように呟（つぶや）いた。

　しかしほのかは、なぜか熱心に地面を見つめたまま、至極（しごく）真面目な態度で首を振る。

「それは違うよ、助手くん。あたしたちは連合会（ギルド）にない知識を持ってる。だから連合会（ギルド）が見落としたことに気づくかもしれない」

「連合会（ギルド）にない知識？」

「そう。たとえば、ヤヒロと真犯人の戦い方の違いとか」

「使った凶器が違うとか、そういうことか？」

　ジョッシュは少し興味を惹（ひ）かれて訊（き）き返す。

　ヤヒロが持ち歩いている武器は、九曜真鋼（くようまさかね）という国宝級の日本刀だ。それ以外の刃物では、不死者（ラザルス）である彼の力に耐えることができないのだ。

　だから被害者の遺体に残された傷口と、ヤヒロの刀を鑑定すれば、凶器の違いは証明できるかもしれない。とはいえ、それだけでヤヒロの無実を認めさせるのは難しいだろう。

　しかしほのかの考えは、ジョッシュの予想とは違ったらしい。

「ううん。もっと根本的な話。ヤヒロは戦うときにわざわざ裸になったりしないでしょ？」

「そりゃないだろ。どんな趣味だよ」

「でも、犯人は派手な戦闘のあと、殺した相手の服を毎回必ず奪ってる。被害者が男性のとき限定だけど、三回の戦闘で三回とも」

「なんだそれ？　どこ情報だ？」

「ほら、これ。ロゼにもらった連合会の報告書」

ほのかが自分のスマホの画面をジョッシュに向けた。

ギャルリーの戦闘員が暇な時間に代わる代わる家庭教師をしたおかげで、彩葉の弟妹たちも、ある程度の英文は読めるようになっている。

だからといって、連続殺人の報告書を子どもに読ませるのはどうなんだ、とジョッシュは、さすがに眉をひそめた。

「服が返り血で汚れたから着替えた……ってわけじゃないよね。それなら被害者の服のほうが、もっと汚れてるはずだから」

「まあ、そうだな」

「つまり犯人は、戦うときに服を着ていられない事情があるのかなって思ったんだ」

「しょせん子どもの浅知恵っつーか、すげえ斜め上の推理が出てきたな。するとなにか？　真犯人は素っ裸で戦うド変態ってことか？　さすがにそれはあり得ないだろ」

ジョッシュが脱力して笑い出す。

しかし、ほのかは表情を変えなかった。

「そうかな？　助手くんにも心当たりがあるはずだよ。あの日、二十三区にいたんだから」

「二十三区……だと？」

ジョッシュが目つきを険しくしてほのかを見返した。

しかしほのかが説明を続ける前に、小さな声が彼女を呼ぶ。

「──ほのか」

それまで無言で立っていた瑠奈が、地面の片隅を指さした。

瓦礫やゴミが積もった路肩の前を、白い魍獣がうろうろと歩き回っている。

「ヌエマルが見つけた」

瑠奈が指さした先に落ちていたのは、金属製の小さな容器だった。

栄養ドリンクほどの大きさの細い筒。片方の先端部分には、斜めに切り落とされたストローのような細い針がついている。

「あ、こら。触るなよ、ヌエマル。希理、写真！」

「うーん、光の加減が今イチだね」

真っ先に駆け寄った京太と希理が、その筒の記録を取り始める。彼らはその筒の正体を、あらかじめほのかから聞かされていたらしい。

「なんだ？　注射器か？」

ジョッシュが顔をしかめがら、金属製の筒を見下ろした。

戦場で麻薬が蔓延するのは、今も昔も変わらない。それは現在の日本も同じだ。民間軍事会社の自治区である横浜では連合会が厳しく規制しているが、それでも麻薬に手を出す戦闘員は後を絶たない。だから、殺人現場に使用済みの注射器が転がっていても、誰も気に留めなかったのだ。

「どういうことだ？　こいつが真犯人の残した手がかりなのか？」

「少なくともヤヒロの無実を証明する証拠にはなると思うよ」

ジョッシュの質問に、ほのかが答える。

「真犯人は銃で撃たれても平気で動いてた。だから連合会（ギルド）は、犯人が不死者（ラザルス）だって決めつけた。でも、あたしたちは不死者（ラザルス）のほかにも、同じことができる存在を知ってる」

「そうか……ファルニール兵！　こいつはF剤（エフメド）のバイアルか！」

ジョッシュが驚愕（きょうがく）に声を震わせた。

軍事企業ライマット・インターナショナルが開発したファフニール兵は、F剤（エフメド）と呼ばれる薬品によって生み出される強化兵士だ。彼らの身体能力は低グレードの魍獣（もうじゅう）をも凌（しの）ぎ、不死者（ラザルス）に匹敵する肉体の再生能力を持っている。もし連続殺人の犯人がファフニール兵なら、何十発もの弾丸を喰（く）らって動き続けたという目撃証言が出てもおかしくない。

そしてファフニール兵のもう一つの特徴が、筋繊維の肥大化と皮膚の硬化——いわゆる蜥蜴人化（リザードマン）である。

伸縮性に優れた特殊繊維の服でもなければ、F剤（エフメド）を使用した人間の衣服は、肉体の膨張に耐えきれず、原形を留（とど）めないほどに引き裂かれてしまうだろう。だから犯人は犯行後、被害者の衣服を奪う必要があったのだ。

「ほのかの推理どおりじゃない？　すごいね」

「う、うん……ありがと、希理」

希理に賞賛されたほのかが、それまでの自信満々な態度が嘘のように照れまくって下を向く。

「俺は最初からほのかのことを信じてたからな」

京太が少し慌てたように二人の会話に割りこんだ。

そんな子どもたちの会話を眺めていたジョッシュは、懸命に笑いを噛み殺した。なんとなく三人の関係性が見えてきたように思えたのだ。

ジョッシュの防弾ジャケットの裾が、くいっ、と引かれたのは、その直後だった。

「あ？　どうした、チビっ子？」

すぐ傍から自分を見上げてくる瑠奈に気づいて、ジョッシュが訊いた。

瑠奈が感情のこもらない口調でぼそりと言う。

「囲まれてる」

「なに？」

子どもの言葉を鵜呑みにしたわけではなかったが、ジョッシュは半ば反射的に、担いでいたライフルを構えて周囲を見回した。

瑠奈に指摘されなければ、気づかない程度のわずかな違和感だ。だが、たしかに自分たちを取り囲む視線を感じる。首の後ろにチリチリと殺気が突き刺さる。

「隊長！」

戦闘態勢に入ったジョッシュを見て、それまで冷やかし半分で眺めていた部下たちが、慌てて車を飛び出した。

それに反応するかのように、周囲の建物の陰から武装した男たちが現れる。確認できただけで相手は四人。戦力的には互角だが、問題はジョッシュたちが子どもたちを連れていることだ。

「こいつら、俺たちの動きを監視してやがったのか！　くそ……！　クリス！　ブレイディ！　ガキどもを車に乗せて脱出しろ！　残りは連中を足止めするぞ！」

ジョッシュが部下たちに指示を出す。

ほぼ同時に街路に銃声が響き渡った。

瑠奈(るな)を連れたジョッシュが身を隠した廃ビルの壁が、銃弾を浴びて火花を散らす。

すでにほのかたち三人は、装甲車の陰へと避難を終えている。さすがに隔離地帯の二十三区で生き延びてきただけあって、非常事態への対応が早い。それでも瑠奈(るな)とヌエマルが敵の接近に気づいていなければ、間に合ったかどうかは微妙なところだ。

『隊長！　出ました！　蜥蜴(とかげ)野郎です！』

ジョッシュの耳のインカムに、部下たちの緊迫した声が響いた。

銃撃戦ではラチが明かないと判断した敵の戦闘員(オペレーター)が、自らF剤(エフメド)を投与してファフニール兵と化したのだ。

「ガキんちょの推理が大当たりかよ。本当に名探偵じゃねーか！」

空になったライフルの弾倉を入れ替えながら、ジョッシュが焦りに唇を歪めた。

ヤヒロに罪を着せた犯人たちは、細工が発覚するのを警戒して、ギャルリーの行動を見張っていた。そしてジョッシュたちが真相に辿り着いた時点で、証拠を隠滅するために襲撃を決断したのだろう。当然、起こり得るその状況を想定しなかったジョッシュの完全な失態だ。

「まずいな、火力が足りねえ……！」

すでにジョッシュは十発近いライフル弾を敵の戦闘員に叩きこんでいる。しかしファフニール兵と化した彼らの動きに変化はない。

対人用の小口径弾では、足止めするのがせいぜいで、彼らにダメージを与えられないのだ。このまま戦闘が長引けば、子どもたちを守るどころか部隊全滅の危機である。

しかしヌエマルを抱いたまま、ジョッシュの足元に屈みこむ瑠奈の表情に怯えはなかった。

「大丈夫。伏せて」

「あん？」

まるでこれから起こることを知っているかのような瑠奈の奇妙な発言に、ジョッシュが間の抜けた声を出す。

まさにその瞬間、廃墟の建物の間に、落雷のような轟音が鳴り響いた。

銃撃。それもジョッシュたちのアサルトライフルとは比較にならないほどの圧倒的な火力による制圧射撃だ。

「連装機関銃(ミニガン)？　連合会(ギルド)の治安維持部隊だと？」

その銃撃の正体に気づいて、ジョッシュがうめく。

毎分二千発の発射速度を誇る電動式の六連装ガトリングガン――対魍獣(たいもうじゅう)用の大型火器を搭載した装甲車が、ジョッシュたちを庇(かば)うように走りこんでくる。その装甲車に描かれているのは、連合会(ギルド)のマーキングだ。

唐突な装甲車の乱入に動揺して動きを止めたファフニール兵へと、無数の機銃弾が降り注いだ。ライフル弾を喰(く)らっても平然としていたファフニール兵たちが、一瞬でぼろ切れのようになって吹き飛んでいく。

肉体の半分以上を消し飛ばされては、いかに優れた再生能力を持つ彼らといえども為(な)すすべがなかった。装甲車が現れてから三十秒も経(た)たないうちにファフニール兵は全滅。戦闘が瞬(また)く間(ま)に終わっていく様を、ジョッシュは立ち尽くしたまま呆然(ぼうぜん)と眺める。

「――ご苦労でした、ジョッシュ。ほのかたちも、期待以上の働きです」

連合会(ギルド)の装甲車から降りてきた黒髪に青いメッシュの少女が、何事もなかったかのように平然とジョッシュに呼びかけた。

「お嬢……？　なんでここに？」

ジョッシュは、開いた口が塞がらないという表情で弱々しく訊(き)き返す。

しかし、その問いかけにロゼは答えなかった。ジョッシュが質問するより先に、別の人物が彼女に話しかけていたからだ。

「我々に見せたかったものとはこれかね、ロゼッタ・ベリト?」

ロゼに続いて装甲車を降りてきたのは、がっしりとした体格の大柄な老人だった。

エヴグラーフ・レスキン。横浜(よこはま)を支配する民間軍事会社連合会(ギルド)の会頭である。

「そうです。面白いでしょう?」

絶命した蜥蜴人(リザードマン)たちを眺めて、ロゼが微笑(ほほえ)んだ。

「ライマットが開発したというファルニール兵か。たしかに興味深いな」

レスキンは無表情に首肯する。

彼に同行してきた連合会(ギルド)のスタッフたちが、蜥蜴人(リザードマン)の死体の回収を始めた。ほのかたちが発見したF剤(エフメド)の容器もだ。

それだけでヤヒロの嫌疑が完全に晴れたわけではないが、容疑者としての優先順位が大幅に低下したのは間違いない。連合会(ギルド)としても、ヤヒロを釈放することに文句はないはずだ。

「もしかして俺たちは、あの蜥蜴(とかげ)野郎どもを釣り出すためのエサだったのかよ?」

ジョッシュが恨みがましい視線をロゼに向けた。

ほのかたちの探偵ごっこに、やけにロゼが協力的な時点でおかしいと思うべきだった。彼女は最初からこうなることを予想して、ジョッシュたちを囮に使ったのだ。

「彼らが姿を見せたのは、あなたたちが証拠をつかんでくれたからです。よくやってくれました、四人とも。それにヌエマルも」

ロゼが素知らぬ顔で子どもたちを褒める。

自分たちの働きが認められたことで、子どもたちは満更でもなさそうだ。

「さて、残る問題は、私たちを陥れようとしていた連中の正体ですが——」

倒れたファフニール兵の死体の傍に屈みこみ、ロゼは、彼らが着ていた衣服に触れた。

蜥蜴人化した時点で派手に裂けていた襲撃者たちの服は、銃撃を浴びたことで、ほとんど切れ端しか残っていない。それでも彼らの所属を推測するには充分だった。

防弾ジャケットの胸元に貼りつけられた、所属部隊のロゴマークが読み取れたからだ。

「お嬢……この紋章は……」

ロゼの手元をのぞきこんだジョッシュが、目を見開いて息を呑む。

王冠と馬、そして悪魔を描いたその紋章を、ジョッシュはよく知っていた。

「なるほど、そういうことですか……アンドレア！」

滅多に感情を表に出さないロゼが、珍しく不愉快さを露わにして男の名前を吐き捨てる。

襲撃者たちの制服についていた部隊章は、ジョッシュたちの制服についているのとまったく同じもの——ギャルリー・ベリトの紋章なのだった。

6

『えー……彩葉ちゃん、それであんなにご立腹だったんだ？』

横浜要塞からの帰り道。絢穂が借りているスマホから、妹の凜花の声が聞こえてくる。

ヤヒロの面会に行ったはずの彩葉が怒って帰ってきたことで、その理由を確認するために、凜花のほうから連絡してきたのだ。

「うん。本当は誤解だったんだけどね」

装甲車の助手席に座った絢穂が、運転中の魏に気を遣いながら小声で言う。

ヤヒロとアクリーナがベッドの上で抱き合っているのを見たときには、絢穂も正直かなり動転した。だから彩葉が怒る気持ちもわかる。

なにしろアクリーナは連合会の幹部で、大人で、脚が長くて、おまけに美人だ。彼女が本気でヤヒロを誘惑するようなことがあったら、絢穂では到底相手にならない。

もっとも実際に話してみると、アクリーナは見た目から想像するような完璧な女性とはほど遠く、どちらかといえばかなり残念な感じだったのだが。

『そっかー。でも、面白くなってきたね』

凜花がケラケラと楽しげに笑う。

「面白い？」

『そうだよ。だって彩葉ちゃんが怒ったのって、ヤヒロに浮気されたと思ったからでしょ？それだけヤヒロのことを意識し始めてるってことじゃん』

「うん……それはそうかも」

『ってことは、今がチャンスだよ、絢穂ちゃん』

「チャンス？　チャンスってどういうこと？」

『今ならまだ勝ち目があるってこと。好きなんでしょ、ヤヒロのこと』

「ひぇっ!?」

妹にズバリと指摘されて、絢穂は声を裏返らせた。

凜花は絢穂の二歳年下の十二歳。美容とファッションにうるさい彼女は、二十三区に残されていたティーン向け雑誌などを愛読しており、姉妹の中ではもっとも恋愛知識に詳しい。当然、その手の話題にも敏感だ。

「り、凜花!?　な、なに言って……」

『誤魔化しても無駄。っていうか、バレバレだよ。ねえ、蓮』

『り、凜花……それは……』

唐突に凜花に話題を振られた蓮が、困り果てている気配が伝わってくる。

彩葉の弟たちの中で最年長の蓮は、十一歳とは思えないほど礼儀正しい人格者だが、それが災いしていつも凜花に振り回されているのだ。

もっとも今の絢穂には、彼に同情する余裕はなかった。

「蓮まで知ってるの……!?　なんで……!?」

『大丈夫。彩葉ちゃんは、そういうの鈍いから。たぶん自分の気持ちもわかってないよ。ね、やっぱり今がチャンスでしょ？』

凜花が無責任な励ましを口にする。しかし、なかなか説得力のある分析だ。

「だけど……駄目だよ、私なんか……彩葉ちゃんに比べたら……」

絢穂が弱々しく独りごちた。

妹である絢穂の目から見ても、彩葉はとても魅力的な少女だ。

黙っていれば近寄りがたいくらい綺麗な顔立ちをしているし、家族想いで誰にでも優しい。

しかも彼女は、龍の巫女という特別な存在でもあるらしい。

そんな彩葉に、自分は遠く及ばない。とてもヤヒロに釣り合う存在だとは思えない。

『絢穂ちゃんはもっと自信を持ったほうがいいよ。そりゃ、彩葉ちゃんのおっぱいは強敵だけど、将来性ならあたしたちだって負けてないって。ねえ、蓮』

『ええっ……!?』

知らないよ、と途方に暮れたような声で答える蓮。凜花はそれを無視して続ける。

「恋は戦いだからね。姉妹だからって情けは無用だよ。あたしはどっちの味方でもないけどね」

『凛花、それくらいにしといたほうが……』

久々の恋バナに暴走気味の凛花を、蓮が必死にたしなめる。

話が途切れたのを幸いに、絢穂は逃げるように電話を切った。

おそらく凛花は、あれでも絢穂を応援してくれているのだろう。もしかしたら他人事と思って、楽しんでいるだけなのかもしれないが。

「す、すみません、騒いじゃって。凛花が変なことを言い出すから……」

スマホをポーチにしまいながら、絢穂は魏に謝罪した。

ハンドルを握る魏は、爽やかに微笑んで首を振る。

「いや、構わないよ。こんな時代だからね、想いは伝えられるときに伝えておいたほうがいい、という意見には、僕も賛成だ。なんにしても、後悔はしないようにね」

「そんな……魏さんまで……！」

妹との通話を聞かれていたことに気づいて、絢穂は赤面しながら項垂れた。

しかし魏の発言に、絢穂をからかっているような響きはない。むしろ彼の声音には、体験に裏打ちされた奇妙な説得力が感じられる。

「魏さんも、あるんですか？　後悔……」

「そうだね。後悔だらけだよ。この国で戦闘員なんかをやってる人間は、みんなそうじゃないかな。それはジュリやロゼだって例外じゃない」

「そうなんですね……意外です」

絢穂(あやほ)は素直な感想を口にした。気まぐれで天真爛漫(てんしんらんまん)なジュリと、知的で冷静沈着なロゼ。どちらも自立した圧倒的な実力者だ。とても迷いや後悔を抱えているとは思えない。

「だろうね。だけど、ああ見えて彼女たちはベリト侯爵家では――」

淡々と語っていた魏(ウエイ)が、不意に言葉を切って目つきを鋭くした。

ろくに手入れされていないせいで、ひどく荒れ果てた国道の跡地。その広々とした道路の中央に、ぽつんと人影が立っている。

「魏(ウエイ)さん？」

「なにかにしっかりつかまっててくれ」

「え？　でも！　前に、人が！」

「まさか連合会(ギルド)のお膝元で襲撃とはね。いったい誰が、なんの目的で――」

魏(ウエイ)が装甲車のアクセルを踏みつけて加速した。

襲撃、という単語に絢穂(あやほ)は身体(からだ)を硬くする。

路上の男が、ゆっくりと絢穂(あやほ)たちのほうに振り返る。猛スピードで近づいてくる車を見て、男の顔は間違いなく不敵に微笑(ほほえ)んでいた。

絢穂(あやほ)たちの行く手を遮るように立ったまま、男は銀色の注射器を、自分自身の首筋へと突き立てる。彼の肌に赤黒い血管が浮き上がる。

「伏せて！」

魏（ウエイ）が絢穂（あやほ）に向かって叫んだ。

減速して襲撃者をよけようとすれば、側面から攻撃を受ける可能性がある。だから、進路を妨害する男を撥（は）ね飛（と）ばしてでも、速度を落とすことなく走り去るべきだ。

それが紛争地帯における鉄則（セオリー）であり、加速した魏（ウエイ）の判断は間違ってはいなかった。だがそれはあくまでも、襲撃者が普通の人間であれば、の話である。

「なにっ⁉」

装甲車を襲ってきた凄（すさ）まじい激突の衝撃に、魏（ウエイ）が頬を引（ひ）き攣（つ）らせた。

時速百キロ近くで走行する重量約五トンの装甲車を、襲撃者は正面から受け止めた。そして強引に進路をねじ曲げる。

激突の衝撃でふらついた装甲車が、ガードレールを突き破って国道脇の歩道へと乗り上げた。そして道路脇の壁へと激突し、斜めに傾いた状態で停止する。

「なんてやつだ……まさか、あいつは……！」

ハンドルに身体（からだ）をぶつけた魏（ウエイ）が、苦痛に顔を歪（ゆが）めながら、腰の拳銃を引き抜いた。装甲車のドアを蹴り開けて、路上に転がっている襲撃者へと警告なしで発砲する。

だが、魏（ウエイ）が放った弾丸は、男の身体（からだ）にぶつかって乾いた音とともに弾（はじ）かれた。

破れた服の下からのぞく男の肌は、大型の爬虫類（はちゅうるい）のような硬質の鱗（うろこ）に覆われている。それが魏（ウエイ）の拳銃弾を防いだのだ。

装甲車に撥（は）ね飛（と）ばされ、さらに銃弾を浴びた男が、ゆっくりと起き上がって、ニィ、と笑う。

その姿は人間のものではなかった。直立した爬虫類（はちゅうるい）——蜥蜴人（リザードマン）だ。

「ファフニール兵か！」

魏（ウエイ）が、残っていた拳銃の弾丸をすべて襲撃者へと叩（たた）きこむ。

しかし相手は、その銃撃を意に介さない。ライフル弾の直撃にも耐える蜥蜴人（リザードマン）の肉体に、九ミリ口径の拳銃弾はあまりにも非力なのだ。

そして魏（ウエイ）の弾丸が尽きたことを悟った瞬間、襲撃者は一気に跳躍して魏（ウエイ）へと襲いかかった。

蜥蜴人（リザードマン）の放った蹴りが、魏（ウエイ）が楯（たて）にした装甲車のドアごと彼の身体（からだ）を吹き飛ばす。

「いやあああああああっ！」

十メートル近くも吹き飛ばされた魏（ウエイ）が、壁に激突して倒れこんだ。それを目撃した絢穂（あやほ）が甲高い悲鳴を上げる。

その悲鳴に反応して、ファフニール兵が絢穂（あやほ）へと目を向けた。

頬まで裂けた蜥蜴人（リザードマン）の口から、聞き取りにくい嗄（しゃが）れた言葉が漏れる。

「ギャルリー・ベリトにいる、日本人の……女……こんなところで会えるとは……な」

「や……やだ……来ないで……！」

蜥蜴人(リザードマン)の狙いが自分だと気づいて、絢穂(あやほ)は恐怖に青ざめた。

彩葉(いろは)と間違えられたのかもしれないが、それがなんの救いにもならないこともわかっている。人違いだと知られたら、余計に悲惨な目に遭わされる可能性が高い。

逃げなければ、と頭では理解しているが、身体(からだ)が竦(すく)んで動かない。

少しでも蜥蜴人(リザードマン)から遠ざかろうと、装甲車の奥へと移動するのが精いっぱいだ。

「た……助けて……」

目を閉じた絢穂(あやほ)の脳裏をヤヒロの姿がよぎる。

この場に彼がいてくれたら、目の前の蜥蜴人(リザードマン)を易々(やすやす)と斬り裂いて倒してくれただろう。二十三区で最初に出会ったあの日のように。

しかし彼はここにはいない。連合会(ギルド)に勾留されているからだ。

それを思い出した絢穂(あやほ)の心に、絶望が広がる。

だが、その直後に聞こえてきたのは、場違いなくらい緊張感の乏しい若い女の声だった。

「うわっ……なんなのこいつ、グロっ⁉」

驚いて目を開けた絢穂(あやほ)の視界に映ったのは、女子高生風の制服を着た女子だった。

年齢は絢穂(あやほ)よりもやや年上。彩葉(いろは)たちと同年代だろう。白いワイシャツに短いスカート。明るく染めた髪の隙間から、耳元のピアスが輝いている。

「わ、こっち見た！　ゼン、お願い！　あたし、爬虫類(はちゆうるい)ダメなのよ」

ファフニール兵の姿を見て、制服姿の少女が騒々しい悲鳴を上げる。

そんな彼女に引っ張られて前に出たのは、やはり高校生風の少年だ。

「勝手に動くなと言っておいたはずだぞ」

きっちりと制服を着こなした黒縁眼鏡の少年は、真面目な口調で少女に注意した。少女は、特に反省した様子もなく、ごめんごめん、と彼の背中を叩(たた)く。

「おまえ……たちは……？」

蜥蜴人(リザードマン)が、困惑したように少年と少女を見た。

「悪いが、貴様のような化け物に名乗る名前はない」

ゼンと呼ばれた少年が、背負っていた竹刀ケースの中からすらりと剣を引き抜く。

スモールソードと呼ばれる細身の西洋剣。無骨な握り手(ヒルト)と厚みのある刃(やいば)は、その剣が儀礼用ではなく、戦場で使われるために造られたものであることを示している。

「そんな……骨董品(こっとうひん)で……！」

嘲(あざけ)るように咆哮(ほうこう)して、蜥蜴人(リザードマン)がゼンに襲いかかる。

拳銃弾を弾(はじ)き返(かえ)すファフニール兵の表皮を、剣で傷つけることはできない。そう確信する男は、ろくに警戒することもなくゼンの間合いに踏みこんだ。

その瞬間、全身を襲った凄(すさ)まじい激痛に、蜥蜴人(リザードマン)の動きが止まった。

「なんだ、これは……!?　おまえ、なにを……」

「人間の言葉を喋るな、化け物が」

ゼンが吐き捨てるような口調で男に告げる。

そんな彼の意思を反映したかのように、蜥蜴人の口元が硬直した。

吐き出す息が白く凍り、唾液に濡れた牙が霜に覆われる。ゼンの剣先から放たれた凄まじい冷気。その冷気が蜥蜴人の全身を凍てつかせ、彼の動きを封じたのだ。

「目障りだ。消えろ」

ゼンが剣を無造作に一閃する。

水晶を打ち鳴らしたような甲高い音とともに、蜥蜴人の全身に細かな亀裂が走った。硬質な鱗に覆われたファフニール兵の肉体が、雪像のように脆く砕け散る。

その壮絶な光景を、絢穂は硬直したまま声もなく見つめた。

全身を凍結させてしまえば、ファフニール兵の持つ回復能力は役に立たない。それは不死者も同じだろう。

目の前の少年は不死者を無力化できるのだ。

それはすなわちヤヒロを倒せるということでもある。その事実に絢穂は戦慄する。

「ギャルリー・ベリトに保護されている日本人か。山瀬道慈の情報どおりだな」

西洋剣を鞘に収めたゼンが、絢穂を一瞥して静かに告げた。

「あなた、たちは……ヤヒロさんと同じ……？」

絢穂が震える声でゼンに訊く。

ゼンの隣にいた少女が、お、と嬉しそうに目を輝かせる。

「あなた、今、ヤヒロって言ったよね。鳴沢八尋の知り合いってことでいいのよね？」

「は、はい」

絢穂は戸惑いながらうなずいて、そしてハッと顔を上げた。少女が日本語で話しかけてきたことに気づいたからだ。

「日本人……なんですか？　あなたたちも……？」

「そうだよ。あたしは清滝澄華。あっちの無愛想なのが、相楽善。よろしくね」

顔の隣でピースサインをしながら、少女がにこやかに自己紹介する。

そのことに安堵して、絢穂は少しだけ緊張を解いた。

澄華と名乗った少女は初対面の絢穂に対してもフレンドリーだし、ゼンという少年も無愛想だが暴力的という印象はない。同じ日本人ということもあり、おそらく敵ではないのだろう、と思う。

「あ、あの……ありがとうございます……佐生絢穂です」

「絢穂ちゃんか。もしかして、侭奈彩葉ちゃんのとこの子どもってあなたのこと？」

自分のポケットからスマホを取り出して、澄華が訊く。配信サイトの動画を見た、と言外にアピールしているのだろう。

「あ、いえ、子どもじゃなくて、妹です。いちおう」

「あはは。だよねえ……いくら日本人が若く見えるって言ってもさ、さすがに子持ちはないと思ったんだ、あの恰好で」

澄華が自分の頭に両手を乗せて、わおーん、と彩葉のモノマネをする。

絢穂は曖昧に苦笑した。初対面の相手に彩葉の言動を話題にされると、自分のことのように恥ずかしい。

「彩葉ちゃんのことを知ってるんですか？」

「配信サイトの動画で見ただけだけどね。すっごい可愛い子だよね。実物もやっぱり可愛い？加工なしであれ？」

「そうですね。あのまんまです」

「そっかー……それはちょっと妬けちゃうな」

「いえ、そんな」

彩葉とはだいぶ毛色が違うが、澄華も間違いなくかなりの美形だ。むしろ言動が大人びているぶんだけ、絢穂の目には魅力的に映る。

「無駄話はその辺にしておけ、澄華」

気絶した魏を運んできたゼンが、ろくに手伝おうともしない澄華を責めるように言った。

「もう、せっかくいい感じで盛り上がってたのに。ゼンはいっつもこれだから……」

澄華が軽く肩をすくめて愚痴る。

その間にゼンは、魏を装甲車の後部座席へと放りこんだ。魏の負傷は軽くはないが、すぐに命にかかわるような状況ではなさそうだ。

それを確認してホッとする絢穂に、ゼンが告げる。

「すまないが、今から俺たちと一緒に来てもらえるか？」

「私だけ……ですか？　どうして？」

絢穂が困惑して訊き返す。ゼンは真摯な眼差しで絢穂を見つめた。

「きみには人質になってもらいたい。協力してくれるなら、手荒な真似はしないと約束する」

「もしかして、あなたたちも彩葉ちゃんのことを狙ってるんですか？」

絢穂が無意識に身を固くする。

暴露動画が公開されたことで、彩葉が様々な勢力の注目を集めていることは知っていた。そして彼女を狙っている企業や組織が存在するということも。

しかしゼンは静かに首を振る。

「いや、侭奈彩葉に興味はない。用があるのは鳴沢八尋だけだ」

「ヤヒロさんに？　どうして……？」

絢穂は意表を衝かれて目を瞠った。

「償いだ」

　ゼンが怒りを滲ませた低い声で言う。

「やつには償いをしてもらう。過去に犯した罪の償いをな」

7

「こんにちはー……開いてますかー」

　黒髪にオレンジのメッシュを入れた小柄な少女が、廃屋の入り口から中に呼びかける。

「あら、いらっしゃい」

　かつて喫茶店として使われていた店内のカウンターテーブルに座っていた美女が、クスクスと笑いながら返事をした。

　少女が、本物の喫茶店を訪れた客のように振る舞っていたのが可笑しかったのだ。

「よう、また会ったな、ジュリ。どうしてここがわかった？」

　店の奥でパソコンを眺めていた山瀬道慈が、顔を上げてジュリを見返した。

　山瀬が彼女に渡したのは、メールアドレスだけである。それなのに彼女が山瀬たちの隠れ家を訪ねてきたのが意外だったのだ。

「情報を売って儲けてるのは、あなたたちだけじゃないってこと」

「エドゥアルドの爺さんか。油断も隙もありゃしねえな」

ジュリの種明かしを聞かされて、山瀬（ヤマセ）がうんざりと苦笑する。

エドゥアルド・ヴァレンズエラという老人は、南関東一帯を縄張りにしている情報屋だ。ちっぽけな輸入雑貨店の店主でありながら、驚くほど広範な情報に通じて、手広く商売している。得体の知れない怪しい人物である。たしかにあの老人なら、山瀬（ヤマセ）の居場所をつかんでいても不思議ではなかった。

「それで、お宅の探し物はこいつかい？」

山瀬（ヤマセ）が、壁際（かべぎわ）に積み上げた段ボール箱を指さしてジュリに訊（き）く。

段ボール箱の蓋の隙間からのぞいているのは、金属製の小さな筒。注射器に装着して使う密封容器（バイアル）だ。ジョッシュたちが連続殺人事件の現場で見つけた、F剤（エフメド）の容器と同じものである。

「金儲（かねもう）けのタネを見つけて戻ってきたって言ってたけど、あれは彩葉（いろは）じゃなくて、F剤（エフメド）のことだったんだね」

すっかり騙（だま）されたよ、とジュリが笑う。

F剤（エフメド）の製造方法は、統合体（ガンツアイト）によって、ある程度まで公開されている。しかし製造には龍の巫女（みこ）の霊液（イーコール）が必要だ。その安定供給の困難さゆえに、ファフニール兵はコストに見合わない兵器とされて、低い評価しか得られなかったのだ。

だが龍の巫女（みこ）の協力さえ得られるなら、F剤（エフメド）を販売することで、利益を上げることは充分に可能だ。風の龍（イラ）の巫女（みこ）――舞坂（まいさか）みやびの加護を得ている山瀬（ヤマセ）は、それが出来る立場の人間なのだった。

「正確に言うと、F剤は、俺たちの売り物の半分だな」

山瀬は悪びれることもなく平然と答える。

ジュリは、そんな山瀬を睨んで不適に微笑んだ。

「残りの半分は、あたしたち――ギャルリー日本支部の情報かな？」

「驚いたな。もうそこまで辿り着いたのか」

山瀬が本気で感心したように呟いた。

ギャルリー・ベリトに敵対的な勢力が存在することは、ヤヒロに冤罪を被せて彩葉を横浜に足止めしたことからも明らかだ。

だとすれば、彼らが情報屋としての山瀬たちに求めていたのは、彩葉の調査だけではないだろう。彼らが本当に知りたがっていたのは、ギャルリー・ベリト日本支部の詳細な戦力分析だ。

ギャルリーが保有する戦力と隊舎の警備状況。そして弱点――山瀬は、彩葉の盗撮が目的と見せかけて、それらを詳細に調べ上げていたのだ。

「ドウジたちのスポンサーがギャルリーに喧嘩を売るつもりなのはわかってたけど、それにしてもずいぶん回りくどい真似をするね。情報を売るのが目的なら、彩葉の暴露動画を公開する必要なんかなかったはずだけど？」

微笑むジュリの唇から、犬歯の先が牙のようにのぞく。

そんな彼の背後から、小柄な影が歩み出る。ギャルリー・ベリトの制服を着た黒髪の少女だ。彼女の両手に握られていたのは、大振りのコンバットナイフである。

「今の銃撃を浴びて生きていたのは褒めてやる。だが、そのザマでこいつに勝てるかな？」

行け、と命じるアンドレアの声を聞くなり、少女はジュリに向かって疾走した。

風に揺れる彼女の前髪の中に、黄緑色のメッシュが一房だけ交じっている。

「その顔……⁉　まさか、エンリーカ⁉」

自分とまったく同じ顔の少女に気づいて、ジュリが目を見開いた。

少女が振り下ろすナイフの一撃を、ジュリは、手袋に埋めこんだ金属製のナックルガードで受け止める。しかし銃撃のダメージが残っているのか、攻撃の勢いを殺しきれずに、ジュリは大きくよろめいた。

その隙を逃さず、エンリーカと呼ばれた少女が一気に猛攻を開始する。

「そうだ。貴様らマリオネッタ・シリーズの最新作！　錬金術の名門ベリト侯爵家が、数百年の歳月をかけて生み出した人造人間(ホムンクルス)の最高傑作だ！」

エンリーカの攻撃に圧倒されるジュリを見て、アンドレアが勝ち誇ったように喚(わめ)き散らす。

「やれ、エンリケッタ！　ジュリエッタやロゼッタのような欠陥品との違いを見せてやれ！」

「――欠陥品として処分されたのは、エンリーカのほうだと聞いてたんだけど？」

エンリーカの連続攻撃を捌(さば)きながら、ジュリが不満げに言い返す。

アンドレアは、それを聞いて露骨な嫌悪（けんお）を顔に浮かべた。

「それがそもそもの誤りなのだ。ベリト本家の老人どもめ。人形風情（ふぜい）に人間並の教育を施し、あまつさえ侯爵家の一員として迎え入れるだと!?」

アンドレアの怒りに呼応するように、エンリーカの攻撃が速度を増す。

ジュリはかろうじて、左右から襲いかかるナイフを弾いたが、それが限界だった。エンリーカの回し蹴りをまともに腹部に喰（く）らって、そのまま後方へと吹き飛ばされる。

「貴様ら戦闘人形は、大人しく兵器に甘んじていればいいのだ！　見ろ！　感情だの知性だの、余計な機能を排した道具（エンリケタ）のスペックは貴様ら双子を大幅に上回る！」

地面に倒れ伏すジュリを見て、アンドレアはひどく満足そうな笑みを浮かべた。

その反応が、彼に植えつけられた劣等感の根深さを現していた。

錬金術師の家系であるベリト一族の人造人間（ホムンクルス）とは、度重なる遺伝子操作と交配によって、より優れた後継者を生み出そうという試みだ。

系列（シリーズ）こそ違えどアンドレア自身もその計画の恩恵を受けているはずだが、彼の能力は、ジュリやロゼには遠く及ばなかった。

だからこそ彼は、ジュリたちと同系列のエンリーカを道具として使いこなすことで、自らの優位性を証明しようとしているのだ。

「痛（い）ったあ……姉に対する思いやりが足りてないんじゃない？」

ジュリが脇腹を押さえて立ち上がる。

エンリーカの放った回し蹴りは、常人なら内臓が破裂していてもおかしくないほどの威力があった。衝撃の大半を受け流したジュリだが、今の彼女の動きに精彩はない。

「終わりです、ジュリ姉様（ねえさま）。あなたたちの性能では、私には勝てない」

エンリーカが再びナイフを構えた。

感情や知性面に問題があるとして廃棄されたエンリーカだが、戦闘能力に関してはジュリを圧倒している。そして感情が乏しいからこそ、彼女には油断や慢心もない。

にもかかわらず、妹（エンリーカ）を見返すジュリの表情には余裕があった。

「それはどうかな?」

なおも抵抗の姿勢を崩さないジュリに、エンリーカは無造作に近づいた。

ジュリはその動きに反応できない。エンリーカのナイフが姉（ジュリ）の首筋へとあっさり到達する——そう思われた瞬間、エンリーカの動きがガクンと止まった。

「っ⁉」

糸で吊（つ）られた操り人形（マリオネット）のように、エンリーカが空中で静止する。

彼女の全身に絡（から）みついていたのは、目を凝らさなければ見えないほど細い鋼線（ワイヤー）だ。対不死者（ラザルス）用のワイヤーネット。エンリーカの攻撃を防御する一方で、ジュリは周囲の瓦礫（がれき）を使って、蜘蛛（くも）の巣（す）のようにワイヤーを張り巡らせていたのである。

「バイバイ、エンリーカ。できれば、もう顔を見せないで。妹を殺したくはないからさ」

動けない妹(エンリーカ)に向かって微笑(ほほえ)みかけると、ジュリはポケットから取り出した発煙手榴弾(スモークグレネード)をばらまいた。

煙にまぎれて彼女は後退。瓦礫(がれき)を飛び越えて姿を消す。

「――申し訳ありません、支配人。標的を取り逃がしました」

鋼線(ワイヤー)をナイフで切断したエンリーカが、地上に降りながらアンドレアに報告した。そんなエンリーカの下腹を、アンドレアは無言で蹴りつける。

小柄なエンリーカは呆気(あっけ)なく吹き飛び、身体(からだ)を二つ折りにしてに苦悶(くもん)した。アンドレアは、更に彼女の頭を憎々しげに踏みつける。

「やられたな、お兄様(にいさま)。いいのか、ジュリを逃がしてしまって？」

小柄な少女に八つ当たりするアンドレアを冷ややかに眺めながら、山瀬(ヤマセ)が皮肉げに質問した。

「構わんさ、結果はなにも変わらない。どのみちやつらは手遅れだ」

ようやく怒りを収めたアンドレアが、取り繕うように乱れた髪を撫(な)でつける。

「あの人形どもが得た財産は、ベリト侯爵家の正統な後継者たる、このアンドレア・ベリトが手に入れる。火の龍(アワリティア)の巫女(みこ)も含めてな」

「……そうかい。まあ、せいぜい頑張んな。その前に弁償と慰謝料の支払いを忘れるなよ」

山瀬(ヤマセ)が肩をすくめて言った。

舞坂みやびは少し離れた場所で、男たちの会話を聞いている。

硝煙の臭いの染みついた風が吹き、彼女の長い黒髪を揺らした。

前髪に隠れていた彼女の右目は、冷たい輝きをたたえたまま、やがて戦場になるであろう横浜の街を静かに映していた。

THE HOLLOW REGALIA

第三幕　エネミー・フロム・ザ・パスト

CHAPTER.3

1

「『──連続殺人の犯人がファフニール兵？』」

横浜要塞内の面会室。唐突に面会に訪れたロゼから意外な情報を聞かされて、ヤヒロとアクリーナは二人同時に間の抜けた声を上げた。

「ファフニール兵……ライマット・インターナショナルの強化兵士か。特殊な薬剤を投与して、一時的に筋力や敏捷性を引き上げた連中だと聞いていたが」

真面目な表情で呟くアクリーナ。その左手首は相変わらず、ヤヒロの右手首と手錠で繋がれたままである。

「たしかにあいつらなら銃弾の十発や二十発は耐えるだろうけど、だけどライマット社は壊滅したはずだろ？　F剤の工場も魍獣どもに潰されたし──」

「いえ。F剤(エフメド)の製法自体は、流出しています。統合体(ガンツアイト)が意図的にリークしたようですね。F剤(エフメド)は使用者への悪影響や副作用が大きすぎて、まともな軍隊が採用できるような代物(しろもの)ではありませんから」

ヤヒロの疑問に、ロゼが答えた。

人間を蜥蜴人化(リザードマン)させるF剤(エフメド)は、使用者を攻撃的にさせて冷静な判断力を奪うと同時に、肉体に過度の負担を強いるという欠陥がある。F剤(エフメド)は、兵士の寿命を削るのだ。

「下手に隠そうとするより、オープンにしたほうが害が少ないと判断したのか」

アクリーナが、なるほど、と大袈裟(おおげさ)に感心してうなずいた。

「ええ。ですが、逆に戦闘員(オペレーター)の命を使い捨てても構わないと考える組織であれば、F剤(エフメド)の利用をためらう理由はないということです」

「俺に罪を着せるためだけに、そんなヤバい薬まで使って無関係な人間を殺させたのか？」

ヤヒロが嫌悪感(けんおかん)を声に滲(にじ)ませた。

ロゼは、無表情のまま息を吐く。

「アンドレア・ベリトという男の差し金でしょう。目的は彩葉(いろは)の足止めです。連合会(ギルド)にあなたが勾留されている限り、我々は横浜(よこはま)を離れることができませんから」

「アンドレア……ベリト？」

「ギャルリー・ベリト・オセアニア支部の執行役員。私やジュリの兄に当たる男です。兄といってもＤＮＡの断片程度しか血の繋がりはありませんが」

　思いがけないロゼの告白に、ヤヒロは短く息を呑んだ。

「なんでギャルリー・ベリトの人間が、ロゼたちの足を引っ張るような真似をするんだ？」

「同じ組織だから、です。ベリト一族で評価されるのは実力だけですから。成果さえ上げれば、私たち姉妹のような年少者でも重要な地位を与えられますが――」

「結果が出なければ、兄貴でも馘首になるってことか」

　ヤヒロの呟きに、ロゼがうなずく。

「それを恐れたアンドレアは、ギャルリー日本支部の成果の横取りを目論んでいるのでしょう」

「横取り？」

「普通なら身内の資産を奪ったところで、たいした儲けにはなりませんが、今の日本支部には龍の巫女がいますから」

「彩葉か……」

　ヤヒロが顔をしかめて言った。山の龍との戦闘で、龍の巫女の有用性は知れ渡っている。立場的に追い詰められたアンドレア・ベリトが、日本支部を敵に回してでも、彩葉を手に入れようと考えるのはおかしな話ではない。

「もしかしてヤマドーのおっさんが言ってた雇い主ってのは、ロゼたちの兄貴のことなのか？」

「少なくともアンドレアが山瀬道慈からの情報提供を受けているのは間違いないでしょう。両者の間に繋がりがあれば、F剤の供給源の謎も解けますし」

「そうか……ヤマドーと一緒にいた舞坂って女性も、龍の巫女か……」

F剤の製造には、龍の巫女の血が必要だ。

ライマット社製のF剤には鳴沢珠依の血が使われていたが、アンドレア・ベリトは、舞坂みやびから血液の提供を受けたのだろう。あるいは完成品のF剤そのものを山瀬たちから買ったのかもしれない。

「──我々からの申し立ては以上です。ヤヒロの解放に同意してもらえますか、アクリーナ・ジャロヴァ？　レスキンにも話は通していますが？」

説明を終えたロゼが、アクリーナに向き直って確認する。

ヤヒロが連合会に勾留されていた理由は、殺人犯が不死者だと思われていたから、というだけの理由だ。ファフニール兵という新たな容疑者が現れ、F剤の容器という物証も手に入った。連合会としてもこれ以上、ヤヒロを捕らえておく理由はないはずだ。

「あ、ああ。そういうことなら私としても、解放するのはやぶさかではないのだが──」

アクリーナが自分の左手首に視線を落とし、困り果てたように目を泳がせた。

「まだなにか問題が？」

ロゼがアクリーナを冷ややかに見つめる。そもそもおまえがどうしてヤヒロの隣に密着して座っているのだ、と物問いたげな表情だ。

その視線に気圧されたアクリーナが、諦めたように合鍵の紛失について告白しようとした。しかし彼女がそれを口にする前に、慌ただしいノックとともに面会室のドアが開けられた。

「——失礼します、ジャロヴァ室長。こちらにギャルリー・ベリトの支配人が来ているとうかがったのですが」

連合会の制服を着た職員が、やや戸惑いを引きずったような口調でアクリーナに尋ねる。

「ロゼッタ・ベリトならここにいるが、なんの用だ？」

ヤヒロと繫がったままの左手を隠しながら、アクリーナが威厳のある口調で訊き返した。

職員は素早く敬礼すると、自分の背後に向かって「入れ」と呼びかける。

「こちらの男が、急ぎの報告があると——」

「魏さん⁉」

べつの職員の肩を借りながら部屋に入ってきた男を見て、ヤヒロは思わず声を上げた。ギャルリーの本部に帰ったはずの魏洋が、血塗れの姿で現れたからだ。

「その怪我……⁉　なにがあったんですか⁉」

「すまない、ヤヒロ。絢穂くんが攫われた」

肋骨あたりを負傷しているのか、苦しげに呼吸しながら魏が答える。

「絢穂(あやほ)……が？」

ヤヒロが呆然(ぼうぜん)と呟(つぶや)いた。彩葉(いろは)が誘拐されたというのならまだわかるが、絢穂(あやほ)は、龍の巫女(みこ)どころか戦闘員(オペレーター)ですらない一般人だ。護衛の魏(ウエイ)と交戦してまで、彼女を連れ去る理由がない。

「ファフニール兵に襲われたのですね？」

「……ええ、ロゼ。僕が交戦したのは、RMS(ラムス)の傭兵(ようへい)たちと同じ種類の蜥蜴人(リザードマン)でした」

ロゼの指摘に、魏(ウエイ)がうなずく。そして彼は制服の胸元から一通の封書を取り出した。まるで果たし状を思わせる、古式ゆかしい巻紙の手紙だ。

「ですが、ファフニール兵を殺して絢穂(あやほ)くんを連れ去ったのは、べつの勢力(グループ)です。僕が意識をなくしている間に、彼らはこれを残していきました」

「手紙……？　日本語の？」

魏(ウエイ)に渡された手紙を見て、ヤヒロがうめいた。日本という国家が消滅した今、こんなものを受け取る日が来るとは想像したこともなかったのだ。

「差出人は相楽(サガラ)善(ゼン)──ですか。意外ですね」

手紙の末尾に書かれた名前を見て、ロゼがわずかに眉を上げた。ヤヒロは驚いて訊(き)き返す。

「知ってる名前なのか、ロゼ？　何者だ？」

「水の龍(アシーディア)の巫女(みこ)、清滝澄華(きよたきすみか)の加護を受けた不死者(ラザルス)です」

「不死者(ラザルス)……そうか……」

ヤヒロは酷く動揺すると同時に、心のどこかで納得していた。

日本人の生き残り。しかもファフニール兵を殺すほどの能力を持っている連中だ。そんな特殊な存在が不死者以外にいたとしたら、そのほうがむしろ驚きだ。

「その手紙には、なにが書いてあるんだ？」

ご丁寧に毛筆で書かれた巻紙をのぞきこんで、アクリーナが訊く。

「絢穂の身柄を預かってるから、返して欲しければ、俺に迎えに来い——ってさ」

ヤヒロは手紙の内容をぞんざいにまとめた。

期限は特に切られていない。一人で来いという条件もない。指定された場所は、旧三ツ沢公園の陸上競技場。横浜要塞からの距離は、約二キロといったところだ。

「営利誘拐というわけではないのか？　犯人の要求はなんなんだ？」

アクリーナが戸惑いながら確認する。

「金を持ってこいとは書かれてないな。単純に俺を呼びつけたかっただけなんだろ。俺になんの恨みがあるのかは知らないが——」

相楽善という不死者の存在を、ヤヒロは初めて知ったのだ。仮に自分が彼に憎まれているにせよ、その理由はヤヒロにはわからない。

「水の龍の巫女もアンドレアってやつの関係者か？」

ふと思いついてヤヒロがロゼに訊く。彼らが連続殺人犯の濡れ衣をヤヒロに着せたように、今回の絢穂の誘拐もヤヒロの足止めが目的ではないかと考えたのだ。

しかし、ロゼは静かに首を振った。

「いえ。清滝澄華の後ろ盾になっているのは、海運会社ノア・トランステックです。中立の立場にある彼らが、民間軍事会社の争いに介入してくるとは思えません」

「相楽ってやつらが勝手にやってるだけなのか？　なんでこんなタイミングで？」

「むしろこのタイミングだからでしょう。彩葉が横浜にいるということは、彼女の契約者であるあなたもその近くにいるということですから」

「つまりこいつらもヤマドーの動画を見てやって来たんだな……」

ヤヒロはうんざりと天井を仰いだ。

アンドレア・ベリトがギャルリー日本支部にちょっかいをかけてきたことも、水の龍の巫女たちが絢穂を攫ったことも、事の発端は、すべて山瀬が彩葉の正体を暴露したあの動画だ。まるでなにもかもが山瀬に仕組まれているような、気持ち悪さを感じてしまう。

しかし原因がなんであれ、絢穂が巻きこまれただけの被害者であることに変わりはない。相楽たちの目的がわからないにしても、彼女を見捨てるという選択肢はヤヒロにはなかった。

「魏さん、ナイフを貸してもらえますか？」

ヤヒロが真剣な口調で魏に訊く。

魏はうなずき、黙って自分のナイフを差し出した。ギャルリーの支給品である、黒塗りのシーナイフである。ヤヒロはそれを受け取って鞘(さや)から引き抜き、やがて訪れる痛みに備えて呼吸を整えた。

「なにをする気だ、鳴沢八尋(ナルサワヤヒロ)？」

　アクリーナが表情を硬くする。ヤヒロはそれに構わず左手を振り上げ、

「悪いな、アクリーナさん。服を汚してしまうかもしれない」

「ま、待て——!?」

　目を剥(む)くアクリーナの眼前で、ヤヒロは自分の右手首へとナイフを叩(たた)きつけた。そのまま力任せに右手首を斬り落とし、手錠に拘束されていた右手を解放する。

「ああ、くそ……痛(い)ってえ……！」

　奥歯を噛(か)み締(し)めて苦痛に耐えながら、ヤヒロは斬り落とした右手を血塗(ちまみ)れの手首へと押し当てた。深紅の霧のような蒸気を上げながら切断面が癒着し、それから数秒も経(た)たないうちに、ヤヒロの手首は元通りにつながる。その凄絶な光景を、アクリーナは息を止めて見つめていた。

「これが……不死者(ラザルス)か……」

　自分の左手首に残された手錠を見下ろして、アクリーナが呆然(ぼうぜん)と息を吐く。たとえすぐに治るとわかっていても、自らの手首を斬り落とすことなど、普通の感覚で出来ることではない。しかしヤヒロは絢穂(あやほ)を助けにいくために、迷いなくそれを決断した。

　それと同じような選択を、ヤヒロは過去に幾度となく繰り返してきたのだろう——そのこと

をアクリーナは直感的に理解する。

魍獣たちが徘徊するこの狂った世界で生き抜くためには、たとえ不死者といえども、自らの肉を断ち血を流すしかなかったのだ。

「一人で行くつもりですか？」

ロゼが平坦な口調で訊いた。

「呼び出されてるのは俺だけだ。彩葉を巻きこむわけにはいかないだろ」

ヤヒロは、手紙を無造作に持ち上げてひらひらと振る。

「危険を冒してまで佐生絢穂を助ける理由があるとは思えませんが？」

「……本気で言ってるのか、ロゼ？　もしも俺が絢穂を見捨てたって知ったとき、彩葉がどういう反応をするか、想像できないわけじゃないだろ？」

冷ややかに質問するロゼを、ヤヒロは呆れ顔で見返した。もちろんロゼも、本当に絢穂を見捨てようと思っているわけではない。それくらいのことはヤヒロにもわかっている。

「だったら尚更、彩葉くんを連れて行くべきじゃないのかい？」

魏が壁にもたれたまま、弱々しく告げた。

だが、その助言をロゼが否定する。

「残念ですが、それは許可できません」

「だろうな。相手が相楽だけならまだしも、山瀬のおっさんやロゼの兄貴が彩葉を狙ってんだもんな。相楽たちがそいつらと手を組んでる可能性もあるわけだし」

ヤヒロは落胆することもなく冷静に同意した。

そもそも相手が同じ不死者である以上、彩葉を連れていったところで確実に勝てるという保証はないのだ。それなら、ヤヒロが一人で交渉に臨んだほうが、最悪の場合の犠牲が少なくて済む。

「それに、この手紙の内容だけじゃ、相楽ってやつが、俺と戦う気があるのかどうかもわからないしな。友達になりたいだけって可能性もゼロじゃない」

ヤヒロが冗談めかした口調で言った。半分以上は強がりだ。絢穂を人質として連れ去った以上、ゼンが友好的ということはあり得ない。かなりの高確率で殺し合いになるだろう。

「わかった。人質交渉には私も同行しよう」

アクリーナが、左手の手錠を握りしめて重々しく言った。

ヤヒロは怪訝な視線を彼女に向ける。

「同行する……って、アクリーナさんが？　なんで？」

「横浜の治安維持は連合会の管轄だ。誘拐犯が不死者だとしても、見逃すわけにはいかないからな。け、決して私情を挟んでいるわけではないぞ」

「私はなにも言っていませんが——」

なぜか早口で言い訳するアクリーナを、ロゼが冷ややかに見返した。

「それでヤヒロとなにがあったのですか、アクリーナ・ジャロヴァ？」

「だから私情ではないと言ってるだろ！」

「……仕方ありませんね。ギャルリーからもバックアップの部隊を送りこむよう手配します。人質だけでも奪還できれば、最悪そのまま脱出するという手も――」

ロゼが溜息まじりに言いかけたとき、彼女の胸元でかすかな震動音が鳴った。暗号通信機の着信だ。

スマホによく似た無線機の画面を一瞥して、ロゼがかすかに目を見開いた。滅多に感情を表に出さない彼女にとって、最大級の驚きの表現だ。

「ロゼ……？」

なにがあった、とヤヒロが訊く。ロゼは苛立ちを滲ませた表情で首を振る。

「どうやら、アンドレアが動き出したようです。ギャルリー日本支部を襲撃するために」

「『襲撃……？』」

ヤヒロとアクリーナが、再び声を揃えて訊き返す。

いくら敵対しているといっても、同族企業。しかもロゼとアンドレアは兄妹だ。それがまさか連合会のお膝元で、実力行使に出るとは、誰も想像できなかったはずだ。

「近隣の民間軍事会社を雇って、戦力をかき集めたようです。投入した装甲戦闘車両は百台以上。戦闘員は最低でも一千人。これはもう襲撃というよりも――」

戦争ですね、とロゼは言った。絶望を表に出すこともなく、淡々と。

そんな彼女の手の中では無線機が、緊急事態を告げるようにいつまでも震え続けていた。

2

「コーヒーは飲める？　大丈夫？」

金属製のマグカップを持った澄華が、のんびりとした口調で絢穂に訊いてくる。

「はい、大丈夫です。あの、ありがとうございます」

「いいっていいって。はい、これ、砂糖とミルクね。好きなだけ使って」

絢穂の前にマグカップを置いて、澄華はキャンプ用のパーコレーターから慣れた手つきでコーヒーを注ぐ。淹れたてのコーヒーのいい匂いが、ふわりと部屋に広がっていく。

かつて存在した広大なスポーツ公園の跡地。陸上競技場に面したレストハウスの中だった。

連合会が管轄する横浜は比較的安全な土地だが、それでもこのあたりまで来ると魍獣が頻繁に出没する。そのせいで傭兵たちもこの付近には滅多に寄りつかない。

澄華とゼンは、そんなひと気のない公園内の廃墟を、ねぐらとして使っているらしかった。

「美味しい……」

切り分けられたケーキを口に運んで、絢穂は驚きの声を漏らした。

なんの変哲もないパウンドケーキだが、驚くほど滑らかでしっとりとしている。二十三区にいたころに自分たちで作っていたケーキとはまるで別物だ。

「よかった。ゼンのやつ、あんな顔してるくせに料理だけは得意なのよ」

澄華(すみか)が愉快そうに口元を綻ばせた。

「料理の腕と顔は関係ないだろう」

調理器具の後片付けをしていたゼンが、澄華(すみか)を睨(にら)んで文句を言う。

不機嫌な声だが、なぜか怖いとは思わなかった。ファフニール兵を瞬殺したときとは別人のように、澄華(すみか)とゼンは優しく、絢穂(あやほ)に対しても親切だ。

「ごめんね、恐(こわ)い思いさせちゃって。ギャルリー・ベリト、だっけ？　用が済んだらちゃんと送ってってあげるから」

黙りこんだ絢穂(あやほ)を気遣うように、澄華(すみか)が言う。

絢穂(あやほ)は無言でうなずいた。無理やり連れてこられたのは事実なので、礼を言うのもおかしな気がしたのだ。

「あ、あの……ヤヒロさんを呼び出して、どうするつもりなんですか？」

代わりに思い切って質問する。

ゼンがヤヒロを呼び出すために、手紙を残したことは知っていた。彼がそれを書くところを、絢穂(あやほ)は実際に見ていたからだ。

「きみが知っている鳴沢八尋というのは、どういう人物だ？」

絢穂を恐がらせないための配慮なのか、ゼンは離れたところに立ったまま、逆に訊いてきた。

「優しい人です。私たち姉弟のことを何度も命懸けで助けてくれて……」

戸惑いながらも絢穂は答える。

不死者などという物々しい肩書きとは裏腹に、絢穂の知るヤヒロは、ごく普通の少年だ。本人は、他人とかかわらないようにしているつもりなのだろうが、彩葉のお節介になんだかんだでつき合ってくれるし、絢穂の弟妹たちの面倒見もいい。基本的に優しい人間なのだ。それは近くで彼を見ていればすぐにわかる。

しかしゼンはそんな絢穂の答えを、ひどく醒めた表情で聞いていた。

「そうか。それは意外だな」

「意外……ですか？」

「俺たちにとっての鳴沢八尋は、悪魔というイメージしかないからな」

「悪魔？」

絢穂がギョッとしてゼンを見返した。自分の知るヤヒロのイメージとは、まるでそぐわない強い言葉に、思わず冗談ではないかと疑ってしまう。

しかしゼンは目を伏せて、怒りに声を震わせる。

「怪物という言葉じゃ生ぬるい。やつをこの世界に置いておくわけにはいかない。鳴沢八尋が不死身だというのなら、氷漬けにして永久凍土の下に埋めてやる。コキュートスに幽閉された魔王ルチフェロのようにな」

「そんな……どうして……」

絢穂は無意識に呟きを漏らす。なぜゼンが、そこまでヤヒロを憎んでいるのかわからない。だが、それが根拠のない誤解だと決めつけるには、彼の憎悪はあまりにも生々しすぎた。

ゼンは間違いなくなにかを知っているのだ。絢穂の見たことのない真実を。

「絢穂ちゃんは十四歳なんだっけ？」

混乱する絢穂をいたわるように、澄華が明るい声を出す。

「大殺戮が起きたときは十歳か。彩葉ちゃんとはそのころからずっと一緒にいたの？」

「……はい。二十三区で暮らしてました。つい、この間まで。大人の人たちは、みんないなくなってしまったから、それからはずっと私たち姉弟だけで」

「二十三区……隔離地帯か」

ゼンの瞳にかすかな驚きが浮かんだ。

かつて東京と呼ばれていた街は、都心の中央に残る〝冥界門〟の影響で大量の魍獣が棲み着いた危険地帯と化している。そんな世界各国の軍隊からも見捨てられた廃墟の真ん中で、絢穂たちが暮らしていたという事実が意外だったのだろう。

「彩葉ちゃんとヌエマル——魍獣たちが、私たちのことをずっと守っててくれたんです」

「魍獣が……きみたちを守った？」

「は、はい」

ゼンが険しい表情を浮かべて、澄華と顔を見合わせる。

動揺を隠せない彼らの姿に、絢穂は漠然と不安を覚えた。同じ龍の巫女である澄華にとっても、魍獣と意思を通わせる彩葉の能力は、異様に感じられるものらしい。

「あの、澄華さんたちは今までどうやって暮らしてたんですか？」

絢穂が咄嗟に話題を変える。なぜかこれ以上、彩葉のことを彼らに聞かせてはいけない気がしたのだ。

幸いにも、澄華は無理に彩葉の話を続けようとせず、あっさりと絢穂の質問に答えてくれる。

「あたしは、龍の巫女として目覚めるのが遅かったんだよね」

「遅かった？」

「そうなのよ」

澄華が絢穂の前にそっと自分の手を出しだした。

彼女の掌の上が白い霧に包まれて、やがてキラキラとした透明な粒がこぼれ出す。花びらに似た大粒の雪の結晶だ。

「自分にこんな力があるって気づいたのは、大殺戮が終わって、二年くらい経ってからかな。ゼンと会ったのも、ちょうどそのころ」

「それまではずっと一人きりだったんですか？」

「ううん。そんなことないよ。あたしは娼館にいたからね」

「娼……館……？」

「そう。魍獣退治で疲れたおっさんたちを癒やして、お金をもらうお仕事をしてたのよ」

澄華が悪戯っぽく微笑んだ。

絢穂は彼女を見つめたまま絶句する。

澄華の年齢は十八歳。つまり大殺戮直後の彼女は、今の絢穂と同じ十四歳だったことになる。

しかし彩葉に守られていた絢穂と違って、彼女は、たった一人でこの世界に放り出された。そして自らの身体を売って生きてきたのだ。その恐怖と絶望を想像しただけで、絢穂の全身から血の気が引く。

「ああ、ごめん。そんな顔しないで。あたしを拾ってくれたオーナーはわりといい人でね。そこまで酷い目に遭ったわけじゃないからさ。それを言ったら、ゼンのほうが悲惨だよ」

「……やめておけ、澄華。彼女は知らなくていいことだ」

ゼンが澄華の言葉を遮った。彼の声はむしろ穏やかで、そのことが逆に彼の過去の凄惨さを表しているようにも感じられた。

「ごめんなさい……私、なにも知らなくて……」

絢穂がうつむいて弱々しく告げた。自分にそんな資格はないとわかっていても、涙が溢れるのが止められない。

「きみが謝るようなことはなにもない」

ゼンは少し困ったように視線を彷徨わせた。

そんなゼンの態度を見て、澄華がニヤニヤと笑っている。

「……お二人は……ヤヒロさんを恨んでるんですか？」

何度もしゃくり上げながら、絢穂が訊いた。ゼンがゆっくりと首を振る。

「恨んでるわけじゃない。ただ、やつの存在を許しておくわけにはいかない。それだけだ」

「待ってください、違うんです」

涙を乱暴に手の甲で拭って、絢穂は大きく首を振る。ゼンは怪訝そうに絢穂を見返して、

「違う？　なにがだ？」

「大殺戮を引き起こしたのは、ヤヒロさんの妹さんなんです。だからヤヒロさんは、その罪を償うために、妹さんの行方をずっと捜していて――」

「ふっ……」

絢穂の言葉に耐えかねたように、ゼンが下を向いて肩を震わせた。

その震えはゼンの全身に広がり、やがて彼は声を上げて笑い出す。

「ゼン……さん？」

「ふ……ははっ……！　はははははっ！　本気で……ハッ……本気でそんなことを信じているのか、鳴沢八尋は？　これが笑わずにいられるか！」

「どういうことですか？」

「いや、いいんだ……感謝する、佐生絢穂」

ゼンが必死に笑いを嚙み殺しながら、優しく首を振った。

ゾッとするような冷たい殺気を漂わせ、彼は静かに言葉を続ける。

「愉快な話を聞かせてもらった。鳴沢八尋が本気でそんな都合のいい妄想に取り憑かれているのなら、幸せな夢を見せたまま終わらせてやろう」

3

ヤヒロたちを乗せた装甲車が、日没直後の公園跡地に侵入する。

運転しているのはアクリーナだ。ほかの同乗者はいない。アンドレア・ベリトの襲撃に備えて、ロゼと魏はギャルリーの本部に戻ったからだ。

相楽善の居場所はすぐにわかった。

無人の廃墟の中に一軒だけ、明かりが漏れている建物がある。呆れるほどの無防備さだが、罠という可能性は低かった。相手は不死身の不死者だ。奇襲も狙撃も通用しない。警戒する必要がないのである。

しかしその条件は、ヤヒロも同じだ。

装甲車を建物の正面に止めて、ヤヒロは堂々と己の姿を晒す。

ほぼ同時に建物の中から、複数の人影が現れた。

高校の制服を着た少年と少女。そしてセーラー服姿の絢穂である。

「絢穂！　無事か⁉」

内心の焦りを抑えて、ヤヒロが叫ぶ。

遠目には絢穂に目立つ外傷はない。身体を拘束されているわけでもないようだ。

「ヤヒロさん……あの……！」

絢穂が、迷いを抱えたような表情でヤヒロになにかを伝えようとする。

その言葉を遮るようにして、制服姿の少年が前に出た。

「鳴沢八尋か？」

「言われたとおり来てやったぜ。こいつの差出人はおまえらなんだろ？」

折りたたんだ手紙を掲げながら、ヤヒロが訊く。

少年——ゼンは静かにうなずいた。

「人質を取るような卑怯な真似をしたことは謝罪する。佐生絢穂は解放しよう」

「は？」

場違いなほど実直なゼンの言葉に、ヤヒロは軽く面喰らった。もっと面倒な交渉があるかと身構えていただけに、肩すかしを喰らったような気分だ。

「解放する……って、いいのか、本当に？」

「最初からそういう約束だ」

戸惑うヤヒロに、ゼンが答える。彼の言葉を裏付けるように、ゼンの背後にいた少女——清滝澄華が、そっと絢穂の背中を押した。

「ばいばい、絢穂ちゃん。元気でね」

にこやかに手を振る澄華を何度も振り返りながら、絢穂がヤヒロたちのほうへと歩き出す。

絢穂の態度に、ゼンたちに対する怯えは見えなかった。それだけでも、彼らが絢穂を丁寧に扱っていたことがよくわかる。

「アクリーナさん。悪いが、絢穂のことを頼む」

戻ってきた絢穂をアクリーナに預けて、ヤヒロはゼンたちに向き直った。

人質が解放されたとはいえ、これでゼンたちの気が済んだというわけではないだろう。

むしろこれは、宣戦布告なのだとヤヒロは感じた。ここから先は話し合いではなく、不死者同士の殺し合いでしか決着がつかないとゼンは言外に語っているのだ。

「待って、ヤヒロさん。ゼンさんたちは悪い人じゃゃ——」

殺気を漲らせて身構えたヤヒロを、絢穂が制止しようとする。

そんな絢穂の足元が突然、白く凍った。

ゼンが構えた西洋剣の先端が、絢穂の行く手を遮るように突きつけられている。

氷の神蝕能──ヤヒロとの戦いを邪魔するなら、容赦はしないという決意がこめられた、威嚇では済まない威力の攻撃だ。

「おまえたちがここを離れるまでは待ってやる。巻きこまれたくなければ、その子を連れてさっさと立ち去るがいい」

ゼンがアクリーナに向かって警告する。

「連合会を敵に回すつもりか、不死者？」

凍りついた地面を呆然と見つめながらも、アクリーナは気丈に言い返した。

ゼンは彼女の言葉を、ハッと鼻先で笑い飛ばし、

「おまえたちのことなどどうでもいい。残りたいというのなら好きにしろ。ただし、その場合、命の保証はしない」

「行ってくれ、アクリーナさん」

ヤヒロが硬い声でアクリーナを急き立てる。

アクリーナは葛藤するように唇を噛んでいたが、やがて諦めたようにうなずいた。嫌がる絢穂を無理やり装甲車に押しこみ、急加速してその場を離れていく。

装甲車が充分に距離を取ったのを確認して、ヤヒロはゼンへと近づいた。

声を張り上げなくても会話ができる距離。それはつまりわずかに足を踏み出すだけで、互いの刃（やいば）が届く距離ということだ。

「絢穂（あやほ）を解放してくれたことには礼を言っとく。ファフニール兵から、あの子を助けてくれたことにもな」

「べつにおまえのためにやったわけじゃない」

ヤヒロの感謝の言葉に、ゼンが冷たく応じた。取っつきづらいやつだ、とヤヒロは苦笑する。だが、相手がこちらに敵意を持っているというのなら、これくらいわかりやすいほうがいい。

「それで、おまえらは俺を殺したがってるって理解でいいんだよな？」

「物わかりがいいな、鳴沢八尋（ナルサワヤヒロ）」

ゼンがうっすらと笑ったようだった。

「いちおう理由を聞かせてもらっていいか？」

絢穂（あやほ）に対してあれほどフレンドリーに振る舞っていた清滝澄華（きよたきすみか）も、ヤヒロに冷たい視線を向けている。隠しきれない怒りと憎悪（ぞうお）が伝わってきて、ヤヒロは正直、辟易（へきえき）していた。

「こちらこそ聞かせてもらいたいな。おまえは、まだ思い出せないのか、自分の罪を——」

「俺の……罪？」

ゼンの質問に、ヤヒロは思わず苦笑する。そんなものは数え切れないと思ったのだ。

古美術品の窃盗や転売。正当防衛だったとはいえ、二十三区で殺したファフニール兵の数は両手の指でもまだ足りない。そして山の龍（ヴァナグロリア）の巫女（みこ）——三崎知流花（みさきちるか）を結果的に死に追いやったのもヤヒロたちだった。

しかしゼンたちが言っているのは、そういうことではないのだろう。

「あんたさ、四年前にあったことを、本当になんにも覚えてないわけ？」

ヤヒロの表情を見て誤解したのか、澄華（すみか）が声を荒らげた。

「珠依（スイ）が召喚した龍のことを言ってるのか？」

「……鳴沢珠依（ナルサワスイ）が召喚した龍、か。まるで他人事（ひとごと）のような言い草だな」

冷静に訊（き）き返すヤヒロを、ゼンが睨（にら）む。

「俺が珠依（スイ）のことを止められなかったのは事実だし、言い訳しようとは思ってねえよ。恨みたければ好きなだけ恨んでくれていい」

ヤヒロは自嘲するように肩をすくめた。そしてゼンを真っ向から睨（にら）み返す。

「——だけど、おまえらに殺されてやるつもりはない。俺が珠依（スイ）を止めないと。あいつはこの世界を今も憎んでる。ほっとけばまた何度でも同じことを繰り返すぞ」

「それがわかっていて、なぜおまえは侭奈彩葉（ままないろは）と契約した？　同じ過（あやま）ちを繰り返すつもりか？」

ゼンが猛々（たけだけ）しくヤヒロを問い詰める。

彼の言葉に、ヤヒロは戸惑った。

「彩葉？　あいつは関係ないだろ？　彩葉は世界を滅ぼそうなんて思ってないぞ？」

「だろうな。世界を滅ぼそうとしているのは、おまえ自身だからな」

「どういう意味だ？」

ヤヒロは激しく困惑して訊き返す。なにかがおかしい。会話が噛み合わない。

龍を召喚し、大殺戮を引き起こしたのは珠依だ。ヤヒロがそれを間違うはずがない。なぜなら彼女が龍を喚び出す姿を、ヤヒロは自分の目で見ているからだ。

「もういいよ、ゼン。こいつ、本気でなにもわかってない」

澄華が突き放すように吐き捨てた。

「そうだな。これ以上は、話しても無駄か」

ゼンが祈るような仕草で西洋剣を構えた。冷気を帯びた刀身が白く曇り、彼の周囲を氷の結晶が舞い始める。

ヤヒロは反射的に腰のナイフを抜いた。

連合会に勾留されていたせいで、九曜真鋼は手元にない。たとえ九曜真鋼があったとしても、神蝕能を使えない今のヤヒロにとっては宝の持ち腐れだ。

ただのナイフで、どこまでゼンの攻撃を凌げるかわからない。気休めにすらならないが、それでもないよりはマシだろう。少なくともゼンを警戒させる程度の効果はあるはずだ。不死者ではない澄華が相手なら、このナイフでも十分な殺傷力があるのだから――

「おまえは大殺戮(ジェノサイド)を引き起こしたのが鳴沢珠依(ナルサワスイ)だと思っているようだが、それは違うぞ。四年前に現れた龍は、おまえ自身だ、鳴沢八尋(ナルサワヤヒロ)！」

ゼンが剣を突き出した。

片手剣(スモールソード)の刃(やいば)が届く間合いではない。だが、凄(すさ)まじい悪寒(おかん)に襲われてヤヒロは後方へと跳(と)び退(の)いた。その直後、ヤヒロがそれまで立っていた場所が凍りつく。

空気中の水分が完全に結晶化し、鋭く尖(とが)った霜柱が地面を完全に覆い尽くしていた。もしその攻撃をまともに受けていたら、ヤヒロの肉体は完全に氷漬けになっていただろう。

しかしヤヒロは、ゼンの攻撃の威力に対して動揺していたわけではなかった。

その前にゼンが語った言葉。その内容に衝撃を受けたのだ。

「馬鹿な……おまえら……なにを言って……」

ゼンの神蝕能(レガリア)の効果範囲は広くない。射程はせいぜい六、七メートルほど。しかも効果が伝わるまでにタイムラグがあるため、回避するのはそれほど難しくなかった。

しかし攻撃をよけるヤヒロの動きが鈍い。

頭蓋が割れそうなほどの激痛が、絶え間なくヤヒロを襲ってくる。記憶から抜け落ちていた四年前の光景が、細切(こまぎ)れの映像となって脳裏にフラッシュバックする。

――よかった……生きてらしたんですね、兄様(にいさま)……

血のような深紅の雨に濡れた廃墟の街。

倒壊したビルの群れを背景に、白い髪の少女が告げてくる。

彼女の口元に浮かんでいるのは歓喜の笑み。壊れゆく世界を瞳に映して、少女は幸せそうに笑っていたのだ。


――それとも、死ねなかったのですか？


そして彼女はヤヒロに問いかける。

ヤヒロがかつて妹と呼んだ少女が、背後に従えているのは、龍だ。

螺旋を描くように雲海を泳ぎ、地上を睥睨する虹色の〝怪物〟――

恐ろしくも幻想的なその光景が、忘れかけていた疑問を呼び覚ます。

白い髪の少女は、龍ではない。

彼女は龍を召喚しただけだ。自らの肉体を山の龍と化した三崎知流花とは違うのだ。

だから珠依は、人間の姿を失わなかった。彼女は龍に変貌したわけではなかったからだ。


「あ……ああ……っ……」

ヤヒロの喉から、苦悶(くもん)の声が漏れた。

閉じこめていた記憶の蓋が開く。思い出してはならない罪の記憶が——

鳴沢珠依(ナルサワスイ)は、龍ではない。だとすれば、彼女が召喚した龍は、いったい誰に宿ったのか？

不死者(ラザルス)。

龍の血を浴びて、不死の肉体を手に入れた存在。

だが、なぜ龍の巫女(みこ)の加護を受けた不死者(ラザルス)は、龍と同じ権能を使えるのか。

肉体を完全に失うほどの傷を負っても、再生するのはなぜなのか。

そしてヤヒロが〝血纏(ゴア・クラッド)〟と呼ぶ血の鎧(よろい)はどこから生まれるのか。

まるで龍の鱗(うろこ)のような、あの姿は——


——さようなら、兄様(にいさま)。会えてよかった……


あの日の珠依(スイ)の最後の言葉が、耳の奥に甦(よみがえ)る。

珠依(スイ)が召喚し、ヤヒロが目にした虹色の龍は、どこに消えたのか——

否、あれは消えたのではなかった。

あの龍は憑(つ)いたのだ。ヤヒロの、中に。

「うあああああああああああああああっ！」


己の頭を両手で抱えて、ヤヒロは絶叫した。

その全身から、制御できない強烈な龍気が撒き散らされる。

思い出す。あの日、珠依はヤヒロ自身を龍へと変えた。

そしてヤヒロは、彼女の望むままに龍の権能を発動したのだ。

東京都心に冥界門を開き、魍獣たちをこの地上に喚び出した。

そしてメディアを通じて拡散されたヤヒロの姿は、それを見た者の精神を狂気で汚染し、人々を殺戮へと走らせた。大殺戮の引き金を引いたのは、ヤヒロ自身だ。


「――ゼン！」

「わかっている！」

暴走の兆候を見せたヤヒロを睨んで澄華が叫び、ゼンも剣を握る手に力を入れた。

ゼンの肉体が青白い鱗状の鎧に覆われ、剣の刀身を包む冷気が勢いを増す。

「せめてこれ以上、思い悩むことがないように一撃で終わらせてやる――【氷瀑】！」

ヤヒロに向かって突進したゼンが、凄まじい勢いで剣を突き出した。

その先端から放たれた冷気が、周囲の空気を白く凍らせながらヤヒロを襲う。

大気中の水蒸気だけでなく、窒素や酸素そのものすら凝固させる凶悪な神蝕能。極低温の氷の槍がヤヒロを呑みこみ、瞬時に全身を凍てつかせる——そのはずだった。

しかしゼンの攻撃が、ヤヒロに届くことはなかった。

横合いから殴りつけるように押し寄せてきた衝撃波が、ゼンの攻撃を吹き飛ばしてヤヒロを救ったのだ。

「なんで……!?」

澄華が呆然と目を剝いて呻く。

駆け抜けた衝撃波の余韻で生み出された暴風が、ヤヒロを守る壁のように吹き荒れてゼンの追撃を阻んでいた。

その暴風壁の向こう側に、陽炎のように揺らめく人影が現れる。大気の屈折を利用して姿を隠し、気づかれることなくヤヒロに近づいていたのだ。

やがて完全に姿を現したのは、猟犬めいた雰囲気の若い男と、銀色の杖をついた女性だった。

渦を巻く風に煽られて、彼女の長い黒髪が揺れている。

「山瀬道慈か……」

剣を構え直したゼンが、男の名を不機嫌そうに呼び捨てた。

くくっと嘲るように喉を鳴らして、山瀬が皮肉げな笑みを浮かべてみせる。

「悪いな、相楽(サガラ)。こいつにはまだ用があるんだ。氷漬けにするのは勘弁してくれ」

「そう言われて素直に引き下がれると思うか？」

うずくまるヤヒロを庇(かば)う山瀬(ヤマセ)を、ゼンが油断なく睨(にら)みつけた。

山瀬(ヤマセ)は風の龍(イラ)の加護を受けた不死者(ラザルス)だ。大気そのものを操る彼の神蝕能(レガリア)に対して、大気中の水分子を媒体に発動するゼンの権能は相性が悪い。真正面から殴り合うのは、出来るなら避けたいところだった。

だが山瀬(ヤマセ)は、戦意がないといわんばかりに、ナイフを握ったままの両手を頭上に上げる。

「おまえらの気持ちもわからなくはないんだが、こっちも商売なんでな。まあ、こいつと火の龍(アワリティア)の巫女(みこ)を引き離してくれたことには感謝するぜ。おかげで手間が省けたからな」

「なに……？」

はぐらかすような山瀬(ヤマセ)の物言いに、ゼンの注意が一瞬逸(そ)れる。

そのせいで、彼女の存在に気づくのが遅れた。

黒いドレスを着た小柄な少女が、ヤヒロのすぐ隣に立っていた。月明かりに照らされた彼女の髪は、降り積もる雪のような純白だ。

「お帰りなさい、兄様(にいさま)……さあ、思い出してください。あなたの、本当の姿を——」

囁(ささや)くような彼女の声が、ヤヒロの耳元で紡(つむ)がれる。

闇の中で彼女の双眸(そうぼう)が、宝石のように赤く輝いている。

「鳴沢珠依っ……！」

少女の名前を叫ぶと同時に、ゼンは神蝕能を解放した。

凍てついた大気が致死の奔流となって、鳴沢珠依へと押し寄せる。

その瞬間、ヤヒロが顔を上げた。

そして轟音とともに大地が軋み、ゼンたちの視界は闇に包まれた。

4

ジュリが負傷して帰ってきたと聞かされて、彩葉は慌てて医務室へと向かった。

ギャルリー日本支部の戦闘員に絶大な人気を誇るジュリだけに、医務室の周囲には、落ち着かない様子の男性隊員たちが集まっている。

彼らをかき分けるようにして医務室へと飛びこんだ彩葉が見たのは、ベッドの上であぐらをかいて、サラシのように包帯を胸に巻きつけているジュリの姿だった。

「ジュリ⁉」

身体中のあちこちに湿布を貼りつけた痛々しい彼女を見て、彩葉が声を裏返らせる。

「どうしたの、その怪我⁉　なにがあったの⁉」

「あー、これ？　ちょっと機関銃で撃たれちゃって」

「き……機関銃で撃たれた⁉」

「うん、大丈夫。これくらいの怪我なら、すぐに治るよ」

ジュリはそう言って、赤黒く腫れ上がった二の腕を掲げてみせる。全身の数カ所に重度の打撲。もしかしたら骨にヒビくらい入っているかもしれない。

しかしジュリの動きに淀みはなく、彼女の表情には余裕があった。

「あたしたちはそういうふうに造られてるからね。ヤヒロみたいに一瞬で完治、ってわけにはいかないけどね」

「当たり前でしょ！　いいから安静にしときなさい！　包帯くらいなら巻いてあげるから！　痛いときは無理しないで痛いって言うんだよ！」

彩葉が強引にジュリの手から包帯を奪い取り、不器用ながらもしっかりと治療を始める。

ジュリは彼女にしてはめずらしく、少し戸惑ったような表情を浮かべていた。生まれて初めてそんな言葉を聞いた、と言わんばかりの反応だ。そして彼女はクスクスと笑い出し、

「本当にお母さんみたいだね、彩葉」

「そこは白衣の天使みたいってなる流れじゃないの……⁉」

「まあ、あたしも安静にしていられるなら、そうしてたかったんだけどね。そうも言ってられないみたい」

「え？」

ジュリが顔を上げると同時に、医務室に新たな人影が入ってくる。褐色の肌を持つ長身の女性戦闘員（オペレーター）――小隊長のパオラ・レゼンテだ。

「ジュリ……橋が落とされた。東と西の二本とも」

パオラが前置きなく報告する。

「橋……って、落ちるもの？」

驚愕（きょうがく）のあまり、彩葉（いろは）がぼそりと独りごちる。

ギャルリーの隊舎や本部があるのは、横浜港（よこはまこう）に面した埋立地だ。かつて保税倉庫などが置かれていたこの地区は、四方を海と運河に囲まれており、橋を渡らなければどこにもいけない。

その橋が失われたということは、完全に周囲から孤立するということである。

「残ってるのは南だけか。面倒なことになってるね。逃げ場を奪って追い詰める気かな？」

ジュリが緊張感の乏しい声で言う。彩葉（いろは）は頬を引（ひ）き攣（つ）らせてジュリを見た。

「追い詰めるって……わたしのせい？」

「彩葉（いろは）が狙われてるのは間違いないけど、彩葉（いろは）のせいっていうのはちょっと違うかな。アンドレアの恨みを買ってるのは、あたしとろーちゃんだから」

「……アンドレア？」

ジュリが口にした知らない名前に、彩葉（いろは）は眉を寄せた。

「そう。アンドレア・ベリト。ギャルリー・オセアニア支部の支配人。血の繋（つな）がりはほとんどないけど、いちおうあたしたちの兄ってことになってる」

「ジュリのお兄さんがギャルリーを包囲してるの？　どうして？」

「よくある後継者争いってやつ。または嫉妬かな。あの人の支部は、経営が上手くいってないからね。龍の巫女を手に入れて、ここらで一発逆転しようって思ったのかも」

「そんな理由で……」

彩葉は憤るよりも先に激しい脱力感を覚えた。

龍の巫女を手に入れようとする理由も、そのために妹たちを恨むという発想も、彩葉には到底理解できないものだ。

「問題はアンドレアが絡んでるせいで、この戦闘がギャルリー・ベリトの身内の喧嘩って扱いになっちゃうことなんだよね。つまり連合会の仲裁が期待できないってこと」

包帯の上に制服のシャツを着ながら、ジュリが物憂げに首を振った。

「おまけに彩葉を狙ってる余所の民間軍事会社も、アンドレアに雇われたってことにすれば、大手を振ってうちらに攻めてこれるんだよね」

「このまま時間が経てば……そのぶんだけ戦力的に不利になる」

パオラが冷静な口調で補足した。そうだねえ、と他人事のようにジュリが相槌を打つ。

「彩葉の子どもたちは？」

「シェルターに避難させた。非戦闘員と一緒に」

「そっか。じゃあ、ひとまずは安心だね」

「待って！　絢穂が……横浜要塞に行った絢穂が帰ってきてないの。魏さんも」

彩葉が慌てて口を挟む。

絢穂と彼女の護衛の魏は、彩葉が怒って帰ったあとも、ヤヒロと話すために横浜要塞に残っていた。しかし、それから五時間以上が経った今も、彼女たちは隊舎に戻っていない。それどころか、連絡すらつかない状況が続いている。

「絢穂のことなら心配ありませんよ」

「え、ロゼ？」

背後からいきなり聞こえてきた声に、彩葉が驚いて振り返る。

気配もなく医務室の中に現れたのは、連続殺人事件を解決してくると言い残し、一人で出かけたはずのロゼだった。包帯まみれの姉の姿を見ても、彼女は表情も動かさない。

「絢穂がどこにいるか知ってるの？」

「彼女は、水の龍〝アシーディア〟の巫女と不死者に拐かされただけです」

「拐かされたって……誘拐されたってこと⁉　み、水の龍の巫女って……⁉」

立て続けに聞かされた不穏な単語に、彩葉は混乱して目を白黒させる。

「絢穂を誘拐した犯人たちの要求は、ヤヒロが一人で会いに来ること——ですから、今は彼が絢穂を迎えに行っています」

「ヤヒロを一人で行かせちゃったの⁉　で、でもヤヒロはわたしがいないと――」

「神蝕能が使えませんね」

「それがわかってるのに、どうして……⁉」

彩葉が抗議の声を上げながらロゼに詰め寄った。

しかしロゼは、なぜそんな当然のことを訊くのか、というふうに首を傾げて、

「この状況であなたを基地の外に出すわけにはいきませんから」

「包囲されちゃってるしね。橋も落ちてるし」

ジュリもついでのように突っこみを入れてくる。

「そ、それは、そうだけど……でも！」

「あたしの予想が正しければ、ヤヒロは大丈夫だよ。たぶんね」

制服を着終えたジュリが、ひょい、とベッドから降りて立ち上がった。

「どうしてそんなことが言い切れるの……？」

彩葉が疑いの眼差しをジュリに向ける。

ジュリはどこか愉快そうに微笑んで続けた。

「さっきドウジたちと話をして確信したよ。あの二人は、統合体の指示で動いてる。アンドレア兄様は、統合体の筋書きどおりに踊らされてるだけ。たぶん水の龍の巫女たちもね」

「統合体……？　でも、ドウジさんって暴露動画の人だよね？　統合体は龍の巫女の存在を隠

蔽しようとしてたんじゃ……」

「その必要が、もうなくなったってことなのかもね」

彩葉(いろは)の疑問にジュリが答える。

龍の巫女(みこ)の情報を全世界にリークした山瀬(ヤマセ)と、統合体(ガンツアイト)は利害が対立している。その二組が裏で繋(つな)がっているとは誰も思わない。

だからアンドレア・ベリトは、なんの疑いもなく山瀬(ヤマセ)から受け取った情報を信じた。

しかし山瀬(ヤマセ)が統合体(ガンツアイト)の指示で動いていたのなら、アンドレアは統合体(ガンツアイト)に利用されているということになる。だとすれば、同じタイミングで起きた絢穂(あやほ)の誘拐も、統合体(ガンツアイト)の筋書きどおりである可能性が高い。

「ヤヒロが無事だと判断したのは、それが理由です。統合体(ガンツアイト)が裏で動いているのなら、間違いなく彼女が関わっているでしょうから――」

「彼女……？」

「ヤヒロに加護を与えている龍の巫女(みこ)は、あなただけではない、ということです」

「まさか、珠依(スイ)さんのことを言ってるの……!?」

彩葉(いろは)が大きく目を瞠(みは)った。

地の龍(スペルビア)の巫女(みこ)――鳴沢珠依(ナルサワスイ)。四年前の大殺戮(ジェイノサイド)を引き起こした張本人である彼女は、今は統合体(ガンツアイト)に保護されていると聞いている。

兄に強く執着している鳴沢珠依(ナルサワスイ)が背後にいるのなら、ヤヒロが、たった一人で呼び出された理由もわかる。仮に水の龍(アシーデイア)の巫女(みこ)たちがヤヒロを傷つけようとしても、珠依(スイ)が彼を守るだろう。

「駄目……そんなの……」

ざわり、と胸の奥が疼(うず)くのを感じて、彩葉(いろは)は無意識に呟(つぶや)いた。

珠依(スイ)の足元に跪(ひざまず)き、彼女の手にキスをするヤヒロの姿が脳裏をよぎる。それだけで、過去に経験したことのない不快な感情が溢(あふ)れていく。

戸惑う彩葉(いろは)の表情を、ジュリたちが無言で見上げている。

その直後、遠くで鈍い爆発音が鳴った。砲撃の音だ。

「始まったね」

ジュリが醒(さ)めた声で言い放つ。

その直後、重い塊が落ちてきたように大地が震え、彩葉(いろは)たちのいる隊舎が揺れた。

多数の装甲戦闘車両による一斉砲撃。アンドレア・ベリトが率いる民間軍事会社の連合部隊が、ギャルリー日本支部への侵攻を開始したのだった。

5

「無事か、澄華(すみか)!?」

視界を埋める氷の塊を砕きながら、ゼンが叫んだ。

「大丈夫……けど、なんなのよ、もう……！」

ゼンが背後に庇(かば)った澄華(すみか)が、全身に纏(まと)わりついた霜を苛立(いらだ)たしげに払う。

完全に凍結したゼンの左腕が砕け散り、蒸気を吹き上げながら再生を始めた。

二人を襲ったのは、極低温で液化した酸素と窒素の奔流。水の龍(アシーディア)の権能だ。

鳴沢珠依(ナルサワスイ)に向けてゼンが放った攻撃が、見えない壁に当たって弾(はじ)かれたように、ゼンたち自身に向かって逆流してきたのだ。

地の龍(スペルビア)の神蝕能(レガリア)【千引岩(チビキノイワ)】――

冥界へと通じる黄泉比良坂(よもつひらさか)すら塞いだといわれる、斥力障壁の権能である。

「どういうつもりだ、山瀬道慈(ヤマセドウジ)!?　なぜ、鳴沢珠依(ナルサワスイ)がここにいる!?」

肉体の再生を終えたゼンが、後方で高みの見物を決めこんでいる山瀬(ヤマセ)を睨(にら)みつけた。

鳴沢珠依(ナルサワスイ)を守るために、斥力(せきりょく)障壁を展開したのはヤヒロである。火の龍(アワリティア)の巫女(みこ)の契約者である彼が、地の龍(スペルビア)の神蝕能(レガリア)を発動したのだ。

前屈(まえかが)みの姿勢で身構えた今のヤヒロの姿は、まるで獰猛(どうもう)な獣のようだった。

人としての自我をなくしたヤヒロを、鳴沢珠依(ナルサワスイ)が従えている。まるで彼女の眷属のように。

「うちの雇い主の意向でな。ま、悪く思わないでくれ」

山瀬(ヤマセ)が同情するような視線をゼンに向けた。

彼のその態度で確信する。すべては最初から仕組まれていたのだ。

侭奈（まな）彩葉（いろは）とヤヒロを引き離すこと。ゼンがヤヒロを追い詰めて、彼の記憶を甦（よみがえ）らせること。

そして混乱したヤヒロの隙につけ込んで、珠依（スイ）が彼の精神を支配すること――

すべては山瀬（ヤマセ）の掌（てのひら）の上の出来事だ。

「ふざけるなっ！」

「おっと……」

ゼンが山瀬（ヤマセ）に剣を向ける。彼に向かって延びる極低温の氷の槍（やり）を、山瀬（ヤマセ）は軽々と回避した。

自らの全身に風を纏（まと）わせることで、山瀬（ヤマセ）は人間離れした敏捷性（びんしょうせい）を得ているのだ。

「どういうつもりなの、みやびちゃん!? あんたたちの雇い主って誰!?」

澄華（すみか）がみやびに向かって叫ぶ。

長い黒髪を押さえたまま、みやびは儚（はかな）げに微笑（ほほえ）んで告げた。

「統合体（ガンツアイト）よ」

「……ガンツァイト？」

「太古の昔から、龍の力を利用してきた人々の末裔（まつえい）よ。ノア・トランステックからはなにも聞かされていなかったの？」

「なんだかよくわかんないけど、要するにろくでもない連中ってことね」

澄華（すみか）が悲しげに目を細めて声を絞り出す。

彼女の怒りに呼応するように、ゼンが撒き散らす龍気が勢いを増した。

「どけ、山瀬道慈。でなければ、おまえたちもまとめて凍らせる」

「相楽くんってばよ、日本人ならもう少し年長者に対する言葉遣いに気をつけろよな」

「黙れっ——！」

ゼンが地面に剣を突き立てた。地中の水分が一瞬で凍りつき、半径数十メートルの範囲が、氷に覆われた凍土へと変わる。

「ったくよ、イマドキの若者はシャレが通じねえな」

靴底が氷に呑みこまれる寸前、山瀬は地面に爆風を叩きつけ、その反動で空中へと逃れた。高々と宙を舞う山瀬を見上げて、ゼンは獰猛な笑みを浮かべる。

どれほど自在に風を操ろうとも、翼を持たない人間が空を飛び続けることはできない。着地する瞬間の無防備な山瀬を狙い撃つべく、ゼンは再び剣を構えた。

しかし山瀬は、笑みを口元に貼りつけたまま、挑発的に問いかけてくる。

「いいのか、俺なんかに気を取られて」

「なに……？」

山瀬の警告に反応して、ゼンは周囲へと視線を巡らせた。

結果的にそれが彼を救った。ヤヒロの隣に立つ白い髪の少女が、ゼンたちに指を向けている。

「離れろ、澄華！」

「ゼン……⁉」

棒立ちになったままの澄華を抱きかかえ、ゼンは横っ飛びに地面に転がった。

だが、それでも間に合わない。世界を書き換える地の龍の龍気が、ゼンたちの足元を覆い尽くすのを感じる。

「【虚】――」

「【氷瀑】！」

珠依の呟きと、ゼンの咆吼が重なった。

ゼンたちの足元、半径数十メートルの範囲が、突然、音もなく陥没する。

東京二十三区を、人間の住めない危険地帯へと変えた神蝕能【虚】――地の龍の権能が、冥界門と呼ばれる縦孔を大地に穿ったのだ。

「なんて力だ……化け物め！」

底の見えない暗い穴をのぞきこみ、ゼンは声を震わせた。

ゼンたちが隠れ家として使っていたレストハウスも、その正面にあった陸上競技用のトラックも、なにもかもが巨大な縦孔に呑みこまれ、痕跡さえも残っていない。

その縦孔の上に氷の橋を架けることで、ゼンと澄華はかろうじて落下を免れていた。神蝕能の発動が一瞬でも遅れていたら、ゼンたちもレストハウスと同じ運命を辿っていたはずだ。

ゼンの腕の中で、蒼白な顔をした澄華が震えている。

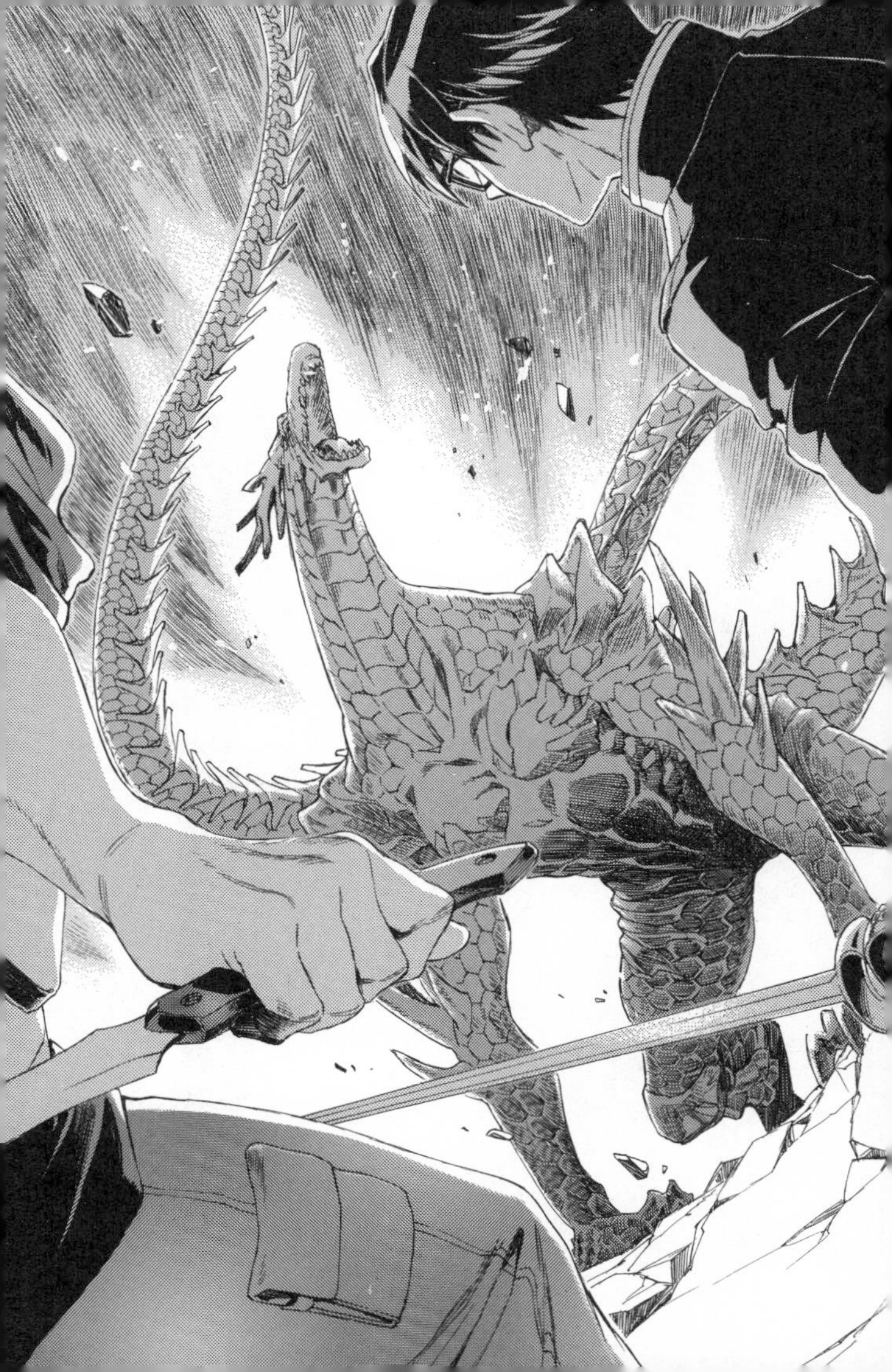

第四幕 プルトネイオン

THE HOLLOW REGALIA

CHAPTER.4

1

彼女と最初に出会った日のことは、今でも鮮明に覚えている。

九年前。ヤヒロが八歳の年のクリスマスイブの出来事だ。


「——今日から、この子がおまえの妹だ」


その夜、研究者だった父親が連れてきたのは、ひとつ年下の見知らぬ少女だった。

透けるような白い肌と赤い瞳。先天性色素欠乏症と呼ばれる体質だと、あとで教わった。酷く小柄で痩せており、そのせいか妖精のような儚げな雰囲気がある。

「名前は?」

ヤヒロが無愛想な口調で訊いたのは、おそらく警戒の裏返しだったのだと思う。妹が出来るという話は数日前に聞かされていたけれど、面倒臭いという以上の感想はなかった。当時のヤヒロは、祖父に習っていた剣道に夢中で、それ以外のことに煩わされたくなかったのだ。

「珠依」

少女が消え入りそうな声で言う。怯えと諦めが同居したような機械的な口調。

しかし彼女が目を伏せた際に、帽子の中に押しこんでいた髪がはらりとこぼれる。

色素を持たない純白の髪を見た瞬間、ヤヒロは驚いてその髪に触れた。

子どもらしい無邪気さで、思ったことをそのまま口にしてしまう。

「すっげえ綺麗な髪だな……羽根みたいだ」

目を輝かせて呟くヤヒロを、少女がハッと見返した。

彼女の瞳にじわじわと涙が浮き上がり、人形のように端整な表情がくしゃくしゃに歪む。

やがて声を殺して泣き始めた彼女を見て、ヤヒロは慌てた。

「え!?　なんで、泣くんだ……!?　ごめん……なんか……」

必死で少女に謝るヤヒロだが、彼女は泣き止むことなく首を振るだけだ。

そして彼女はヤヒロの袖を摑み、泣きつかれて眠るまで、それを放そうとはしなかった。

†

「ぐ……お……！」

凄（すさ）まじい勢いで流れこんでくる記憶の奔流に、ヤヒロは苦悶（くもん）の声を上げた。

恐怖。困惑。思慕。執着。剝（む）き出（だ）しの生々しい他人の思考。幼いころの珠依（スイ）の記憶だ。

流れこんでくるのは過去の思い出だけではなかった。

彼女の憎悪（ぞうお）や羨望（せんぼう）、嫉妬。強烈な負の感情がヤヒロの精神を染めていく。

心の奥にぽっかりと口を開けた、底の知れない涸（か）れ井戸のような闇。その虚（うつ）ろな穴を通じて、強大な力が噴き出してくるのを感じる。それが地の底に眠る龍の力だと気づいたときには手遅れだった。幻覚に囚（とら）われたヤヒロの視界を、龍の巨体が埋め尽くす。

世界を覆い尽くすほどの巨大な幻影。それを生み出す膨大な龍気が、ヤヒロの身体（からだ）に一気に注ぎこまれる。

ちっぽけな人間の肉体が、その負荷に耐えきれるはずがない。本来ならヤヒロの全身は、一瞬で焼き切れ跡形もなく吹き飛んでいただろう。

しかしヤヒロは不死者（ラザルス）だった。全身の細胞を軋（きし）ませながら肉体が破壊と再生を繰り返し、異形の姿へと変貌しながらも、龍の力を受け入れていく。

「おおおおおおおおおおおおッ！」

周囲の景色が赤く染まった。人としての思考を維持できない。自我の輪郭が曖昧にぼやけ、ヤヒロと龍の記憶の境界が消えていく。

『兄様（にいさま）――』

耳元で懐（なつ）かしい声がする。それを聞いているのが今のヤヒロか、それとも記憶の中の過去の自分なのか、それすらももうわからない。

『好きよ、兄様（にいさま）……愛しているの』

珠依（スイ）の声が頭の奥に反響する。

その声に引きずられるようにして、ヤヒロの意識は闇の中へと沈んでいく。

†

珠依（スイ）は、意外なほどすんなりと鳴沢（ナルサワ）家に溶けこんだ。

だがそれは、ヤヒロが傍（そば）にいたからだ。彼女が本当に心を開いた相手はヤヒロだけであり、ヤヒロを介することで初めて周囲の人間と関わることができたのだ。

珠依（スイ）には、七歳以前の記憶がない。

彼女は、自分が何者かもわからない状態で町を彷徨（さまよ）っていたところを保護され、さまざまな施設を転々とした後に、研究者であるヤヒロの父親のもとに連れてこられたのだという。

だから珠依が他者と距離を置くことを、周囲の大人たちはそれほど問題視しなかった。常にヤヒロのあとをついて回る幼い彼女の姿を、むしろ微笑ましく見守っていた。

同世代の子どもたちから彼女が排斥されることもなかった。たしかに珠依の容姿は異質だったが、彼女が病弱だったこともあり、むしろ同情の対象として受け入れられたのだ。

そのせいでヤヒロは気づくのが遅れた。珠依が半ば自ら望んで、誰とも打ち解けず孤立していたことを。それが最悪の結末を招くことも知らないままに——


「珠依……先輩になにをした？」


最初の異変が起きたのは、ヤヒロが中学二年生になった直後のことだった。

当時のヤヒロと仲の良かった剣道部員の女子が、重傷を負って入院したのだ。

彼女は、怪我の原因を決して口にしようとはしなかった。ただ、その日以来、彼女は雨音と、珠依のことを酷く恐れるようになっていた。そしてヤヒロの見舞いを頑なに拒んだまま、退院すると同時に逃げるように転校してしまったのだ。

「なにもしてないわ。私は、なにも」

ヤヒロの先輩が負傷した雨の夜。なぜかずぶ濡れになって帰宅した珠依は、詰問するヤヒロを見返し、訝るように首を振った。

「本当に？」

「私にあの女を傷つけたりできると思いますか？」

「あ……いや、そうだよな」

珠依に淡々と訊き返されて、ヤヒロは反論の言葉をなくす。

負傷したヤヒロの先輩は剣道の有段者。病弱で小柄な珠依では、喧嘩の相手にすらならないだろう。

「酷いわ、兄様。私のことを疑うなんて……でも、許してあげます……」

濡れた制服を脱いだ珠依が、下着姿のままヤヒロに身体を寄せてくる。

中学生になった珠依は、ほっそりとした体型とは裏腹にぞっとするような色香を纏っていた。

「離れろ、珠依」

ヤヒロは、そんな妹を無理やり自分から引き離す。

珠依が赤い瞳を潤ませながら、ヤヒロを見上げて薄く微笑んだ。

「どうして？　兄様なら、私はなにをされても構わないのに」

「いいから、服を着ろ。風邪引くぞ」

「兄様は私のことをお嫌いですか？」

「好きとか嫌いとか関係ないだろ、兄妹だぞ」

縋(すが)るような口調で尋ねてくる珠依(スイ)に、ヤヒロは突き放すような口調で言った。

彼女の話を、どうしてこのときもっと真剣に聞かなかったのか。

後にヤヒロは、何度もそれを後悔することになる。

†

黒曜石に似た漆黒の鱗(うろこ)が、ヤヒロの全身を包んでいく。

その鱗(うろこ)の隙間を埋めるのは、鋼を束ねたような強靭(きょうじん)な筋肉だ。

ヤヒロの肉体は、すでに原形を留(とど)めていない。再現なく流れこむ龍気に耐えるために、全身の細胞が増殖を続け、新たな姿へと再構築されていく。一粒の種が巨木へと成長するように、ヤヒロの身体(からだ)を核にして、怪物が生まれようとしているのだ。

肉体が無理やり作り替えられていく激痛に、ヤヒロが吼(ほ)えた。大地を揺るがす怪物の咆吼(ほうこう)。

半人半龍と化したヤヒロの骨格が歪(ゆが)み、人間だったころの三倍近くまで体長が伸びていた。腰から生えた長大な尻尾のせいだ。

筋肉の量も倍以上に増えている。それでも成長の勢いが衰える気配はない。

肉体が龍に近づくにつれて人間としての意識が薄れ、ヤヒロの思考は怒りと破壊衝動に塗り潰されていく。

同時に五感も変化していた。これまで見えなかったものが見え、わからなかった世界の成り立ちがわかる。息をするように神蝕能（レガリア）が操れる。

指先をわずかに伸ばすような感覚で龍気を放ち、世界を隔てる境界の隙間をほんの少しだけ広げてみた。たったそれだけのことで空間が抉（えぐ）れ、巨大な裂け目が大地に広がる。

権能を使ったという意識すらなかった。

視界を遮る雑草を払うように、ただ思うままに力を振るうだけ——

それだけで面白いように世界が書き換わっていく。

珠依（スイ）の歓喜がヤヒロにも伝わってくる。

思考が融（と）け合い、二人の記憶がひとつになる。

「なぜだ……珠依（スイ）？　なぜ父さんを殺した？」

その言葉を聞いたのが、自分だったのか珠依（スイ）だったのかすらもうわからない。

深紅に染まった研究室。白衣の男が血溜（ちだ）まりの中に沈んでいる。巨大な獣に襲われたような、全身を噛（か）みちぎられた凄惨な姿だ。

その死体の傍（かたわ）らに、返り血に濡（ぬ）れた白い髪の少女が立っていた。

端整な顔に笑みを浮かべて、彼女が言う。

「こんな男、死んで当然です。だって私を兄様から引き離そうとしたんですよ？　私には兄様しかいないのに」

彼女の右手に握られているのは、鈍く光る細身のナイフだった。

そのナイフで自ら斬り裂いた左手首から、彼女は血を流し続けている。

「好きよ、兄様……愛しているの」

呆然と立ち尽くすヤヒロへと、少女はゆっくりと歩み寄る。

そして彼女はヤヒロの胸の中へと倒れこみ、その瞬間、ヤヒロの身体に衝撃が走った。

少女が握っていたナイフの刃が、ヤヒロの鳩尾に根元まで突き刺さっている。

「私たちが結ばれないこんな世界なんか、みんな壊れてしまえばいいのに」

そう言ってヤヒロを見上げる彼女の、なんと幸せそうなことか――

2

ギャルリー・ベリトの本部に向かって、装甲車の大部隊が進撃してくる。

本部周辺に張り巡らされた防壁は、最初の一斉砲撃で大部分が破壊されていた。地面に埋めこまれた金属製のバリケードが、かろうじて敵の接近を阻んでいる状態だ。

かつて国の保税倉庫として使われていたギャルリー本部の敷地は広く、あちこちに自衛用の砲台や機銃座が設置されている。それでも、百台以上の装甲戦闘車両に包囲されてしまうと、その姿はあまりに頼りなく見えた。

敷地周辺の橋を落とされてしまったせいで、脱出もほぼ不可能だ。

「……被害状況は？」

ギャルリー隊舎の指揮官室で、報告に来た部下たちにロゼが訊く。

「監視塔は全壊だ。今のところ本部の建物は無事だが、防壁とフェンスはもう駄目だな。どうする？　防ぎきれないぜ？」

ジョッシュが他人事めいた投げやりな口調で答えた。

絶望的な状況にもかかわらず、彼を含めた部屋にいる戦闘員たちの表情に悲愴感はない。この程度の窮地には慣れているといわんばかりの落ち着きぶりだ。

「隊舎と倉庫は放棄します。全員を管理棟まで後退させてください」

「了解。崖っぷちだな」

ジョッシュはそう言ってうなずくと、部下たちを連れて指揮官室を出て行った。

司令室に残ったのはロゼとジュリ、そして成り行きで医務室からついてきた彩葉だけだ。

「あの、ロゼたちのお兄さんの狙いはわたしだよね？　だったらわたしを引き渡せば……」

彩葉が怖ず怖ずと手を挙げて提案した。

ロゼとジュリは、一瞬、互いに顔を見合わせ、そして露骨な溜息をつく。

「あなたを手に入れただけで、アンドレアが満足すると思いますか？」

「まともな取引が出来る相手なら、最初に降伏勧告くらいあるよね」

「ええー……」

辛辣な口調で意見を否定され、彩葉は複雑な気分になった。

あっさりと敵に突き出されたら、それはそれでショックだが、だからといってギャルリーの人々が、自分のせいで傷つくのを見るのはもっとつらい。

「なにか勘違いしているようですが、この状況は、見た目ほど我々にとって不利というわけではありませんよ」

思い悩む彩葉を無表情に見返して、ロゼがやれやれと溜息をついた。

「で、でも……戦力差は十倍以上だって……」

「それは戦闘員の数だけの比較です。逆に言えば、アンドレアは、それだけの人数をかき集めなければ、私たちに対抗できないと判断したということです」

「どういうこと？」

「彼らは、あなたを生かしたまま捕らえなければなりませんが、我々はアンドレアが死のうが生きてようが知ったことではありません。つまり手加減の必要がないということです」

「あ……そうか、それで……」

敵の装甲戦闘車両部隊はギャルリーの本部を包囲するだけで、最初の一斉射撃以来、完全に動きを止めていた。迂闊に建物を攻撃して、彩葉を傷つけることを彼らは恐れたのだ。

もっとも相手が生身の傭兵だけだとしても、戦力の差は圧倒的だ。

ギャルリーの戦闘員も必死の抵抗を続けているが、それでもジリジリと後退を続け、すでに敷地内にかなりの数の傭兵たちの侵入を許してしまっている。それでもなぜか、ロゼたち双子の表情には余裕があった。

「あたしたちは攻めこまれてるわけじゃなくて、攻めこませてあげてるんだよね。正当防衛ってわかるようにしとかないと、反撃したとき、連合会の顔が立たないからね」

ジュリが不敵に微笑んで言った。監視カメラに映し出された戦況を見て、ロゼもうなずく。

「ですが、アリバイ作りはもう充分でしょう」

「だね。みんな——撃っていいよ」

ジュリが、司令室の壁に設置されたマイクに向かって呼びかけた。まるでイベントの始まりを告げるような気安い口調だ。

しかしジュリの言葉が終わると同時に、凄まじい轟音と衝撃がギャルリーの本部を震わせた。

砲撃。それも一門や二門の発射音ではない。鳴り止むことのない嵐のような破裂音に、彩葉はたまらず悲鳴を上げる。

その直後、閃光が窓の外を白く染めた。

最初の砲撃とは比較にならないほどの爆発が巻き起こり、大地が揺れる。

「な、なにこれ!?」

「精密誘導迫撃砲弾です」

「は……?」

彩葉は呆然と双子を見つめた。ロゼは監視カメラの映像へと静かに目を向ける。

モニタに映っていたのは、上空から降り注ぐ砲弾の雨を浴びて、残骸と化した装甲車たちの群れだった。彩葉たちを包囲していた百台近い装甲戦闘車両が、一瞬でほとんど全滅している。

「迫撃砲……って、もしかしてギャルリーの倉庫にあったやつを組み立てたの?」

「我々は兵器商ですから、武器の在庫が潤沢なのは当然では?」

ロゼが当然のように指摘して、彩葉はなにも言い返せなくなる。

迫撃砲とはシンプルな構造の軽量な火砲だ。射程が短く、命中精度が低い代わりに、人力で持ち運ぶことが可能で、好きな場所に簡単に設置することができる。

武器商人であるギャルリーの倉庫には、その迫撃砲が大量にストックされていた。

それを密かに組み立てて、本部の建物の裏に並べていたのだ。そしてジュリの指示で発射された砲弾は、曲射弾道を描いて建物を飛び越え、上空から装甲車部隊へと降り注いだ。

「いくら迫撃砲の精度が低いといっても、相手がわざわざ目の前までやってきて動きを止めてくれてるんだから、命中しないほうがおかしいよね」

ジュリが特に浮かれることもなく平然と呟いた。

アンドレア・ベリトが率いる装甲車部隊は、ギャルリーを包囲したつもりで、逆に無防備な標的として自分たちの姿を晒(さら)していたのだった。

そして装甲車部隊を失って浮き足立った敵部隊へと、ギャルリーの戦闘員(オペレーター)が反撃を開始する。

ただしその戦闘員(オペレーター)の正体は、生身の人間ではなかった。

「スマート地雷と無人銃座、あとは自律行動型の無人攻撃機——コスパが悪くて売れない最新装備は、こういうときに役に立ってもらわないと」

ジュリがそう言ってペロリと舌を出す。

彼女の言葉どおり、ギャルリー側が投入したのは大量の無人攻撃機たちだった。

現代の戦場では、さして珍しくもないＡＩ制御の戦闘用ドローン——しかしこの戦場に限れば、それらは恐ろしく効果的だった。日本にいる民間軍事会社のほとんどは、魍獣(もうじゅう)との戦いが専門で、彼らの装備は無人攻撃機との戦闘を想定していないのだ。

慣れないドローン相手に苦戦する戦闘員(オペレーター)たちが、負傷した仲間を連れて、撤退を開始する。

それを見た彩葉(いろは)は安堵(あんど)と同時に、激しい良心の呵責(かしゃく)を覚えた。

彩葉(いろは)たちは一方的に攻めこまれた立場だが、人間同士の戦闘で、多くの戦闘員(オペレーター)が傷ついたことには違いない。その争いの原因になったのは、彩葉(いろは)の存在なのだ。どうしてそんなことになってしまったのか、と彩葉(いろは)は憤(いきどお)りを感じずにはいられない。

「これで大人しく引き下がってくれると手間が省けたんだけどね」

ジュリが気怠げな口調で言う。ロゼは溜息まじりに首を振り、

「そんな殊勝な性格ではないでしょう、あの男は」

「だね。これで逆に引っこみがつかなくなったかな」

「ええ。だいぶ戦力を減らしたとはいえ、兵数ではあちらが依然として有利です。こちらの無人攻撃機が補給に戻るタイミングを狙って、再攻撃を仕掛けるつもりでしょう」

「馬鹿だねえ、アンドレア」

ぼそり、とジュリが蔑むように呟いた。

ロゼも珍しくかすかな怒りを表に出す。

「そうですね。私たちを攻撃していられる時間が、自分に残っていると思っているのですから」

「時間？　どういうこと？」

彩葉が二人を見つめて訊いた。

目眩を伴う異様な揺らぎが、彩葉を襲ってきたのはその直後だ。

悪意のある騙し絵を見ているような不快感。まるで大地そのものが悪意をもって歪められたと錯覚しそうになる。彩葉はそれと同じ感覚を知っていた。

「これって……珠依さんの神蝕能……!?」

思わず床にうずくまりながら、彩葉が弱々しく息を吐く。

彩葉が感じる強烈な空間の揺らぎは、間違いなく珠依が操る神蝕能の余波だ。だがその威力は、前回のとはレベルが違った。

まるで龍の力を借りた珠依ではなく、地の龍そのものが力を振るったような――

「……まさか、四年前と同じ……」

最悪の状況を予感して、彩葉は俯いたまま声を震わせた。

アンドレア・ベリトが率いる部隊が再攻撃を仕掛けてきたのは、その数分後のことだった。

3

鳴沢八尋を器として出現した漆黒の怪物が、鋭利な鉤爪を地面に突き立てる。

脈打つ血管のような深紅の光の筋が、彼を中心に四方へと広がった。

光の筋が輝きを増し、不気味な地鳴りが大気を軋ませる。

そして次の瞬間、大地が裂けた。

蜘蛛の巣に似た無数の亀裂が地表を埋め尽くし、裂け目から噴き出した闇が世界を覆う。

冥界門――

旧三ツ沢公園の広大な敷地が陥没し、底の見えない巨大な縦孔が穿たれた。地の龍の権能が、かつてない規模で発動しているのだ。

「これが地の龍（スペルビア）の神蝕能（レガリア）【虚（うつろ）】か……こんなものが首都のド真ん中に出現したら、それは国のひとつふたつ滅びるかもな。なあ、みやび」

デジタルカメラを構えた山瀬（ヤマセ）が、独り言のようにみやびに呼びかけた。

同じく撮影を続けながらも、みやびの表情はどこか硬い。

「……本当に、これでよかったの？」

「あん？　なにがだ？」

「なんの罪もないヤヒロくんを陥（おとしい）れて、地上に、もう一度あの日と同じ地獄を生み出すの？　それがあなたの本当に望んだことなの？」

みやびが咎（とが）めるような眼差（まなざ）しを山瀬（ヤマセ）に向けた。

山瀬（ヤマセ）は、ハッ、と呆（あき）れたように笑ってみせる。

「今さらヌルいこと言ってんじゃねえよ。おまえだって、納得ずくでこの仕事を請けたんじゃなかったのか？」

「……そうね」

みやびが、デジタルカメラに視線を落としてうなずいた。

「私はジャーナリストだったから、真実を世界に伝えたかった。私たち日本人が、どうして滅びなければならなかったのか。あの日、私たちの国になにが起きたのか。いったい誰がそれを仕組んだのか……だから、この仕事はいい機会だと思ったわ」

「真実を伝えたいのは俺も同じだよ」

山瀬が苛立ったように言葉を吐き捨てる。

「だが、忘れるな。それを邪魔してくれたのはあの女――妙翅院迦楼羅だ。おまえのその醜いツラだって、あの女にやられたんだろうが」

「わかってる。そのことを忘れたわけじゃない」

みやびが前髪で隠した右の頬を押さえた。

「だけど、これは真実ではないわ。私たちが無理やり作り出した虚構……偽物よ」

「いいや、真実さ」

山瀬は唇の端を吊り上げて、暗い笑みを浮かべている。

「俺のカメラが写したものだけが真実だ。その裏側がどれだけの嘘に塗れていようともな」

「ドウジ……」

みやびが諦めたように溜息をついた。

撮影に戻った彼女を満足そうに一瞥し、山瀬は変わり果てた地上の景色を見回す。

怪物化した鳴沢八尋が生み出した冥界門は、山瀬の視界に映るだけでも二十個以上。最大のものは直径百メートルを超えており、小型のものでも直径十数メートルはありそうだ。

それらからは不気味な瘴気が噴煙のごとく立ち上り、地の底から這い出してきた魍獣たちが廃墟の街へと飛び出していく。横浜要塞の外周部では、すでに連合会の警備員と魍獣たちの戦闘が始まっているようだ。

しかし連合会(ギルド)が想定していた魍獣(もうじゅう)の出現率は、せいぜい一日に数体程度。唐突な魍獣(もうじゅう)の大発生に対応するほどの戦力が用意されているはずもない。

魍獣(もうじゅう)たちはたちまち連合会(ギルド)の防衛ラインを突破し、傭兵(ようへい)たちの街は大混乱に陥った。夜の街に無数の銃火が瞬(また)き、市街地のあちこちで火の手が上がる。

「喜べよ、鳴沢八尋(ナルサワヤヒロ)。これが地の龍の望(オマエ)んだ世界だ……！」

高台から燃え上がる街を見下ろして、満足そうに山瀬(ヤマセ)が呟(つぶや)く。

肩を揺らして笑い続ける彼の背後で、凄(すさ)まじい咆吼(ほうこう)と爆発音が響いた。

黒龍と化したヤヒロを止めるべく、ゼンと澄華(すみか)が攻撃を開始したのだった。

†

「ゼン！　魍獣(もうじゅう)が……！」

冥界門(プルトネイオン)からあふれ出す魍獣(もうじゅう)たちを為(な)すすべもなく眺めながら、澄華(すみか)が表情を引(ひ)き攣(つ)らせた。

魍獣(もうじゅう)は龍の巫女(みこ)を襲わない。そのことを澄華(すみか)は経験的に知っている。

しかし魍獣(もうじゅう)に襲われないことと、魍獣(もうじゅう)をコントロールするのは別の話だ。澄華(すみか)には、横浜要塞(よこはまようさい)の防衛ラインを超えて街を襲う猛獣たちを止めることは出来ないのだ。

「わかってる。本来なら、こうなる前に鳴沢八尋（ナルサワヤヒロ）を殺しておきたかったが――」

ゼンが悔しげに唇を歪（ゆが）める。

鳴沢八尋（ナルサワヤヒロ）という少年は龍の器だ。四年前の大殺戮（ジェノサイド）を引き起こしたのも、鳴沢珠依（ナルサワスイ）によってヤヒロの体内に召喚された地の龍〝スペルビア〟だった。

その事実をゼンが知らされたのは約半年前。

オーギュスト・ネイサンと名乗る黒人男性が、ふらりとゼンたちの前に現れて、龍と〝象徴の宝器（レガリア）〟に関する情報を伝えたのだ。

ネイサンという男を完全に信用したわけではなかったが、統合体（ガンツアイト）の代理人（エージェント）を名乗る彼の言葉を無視することはできなかった。

しかもネイサンは実際に、地の龍（スペルビア）の巫女（みこ）である鳴沢珠依（ナルサワスイ）を確保していた。

ゼンたちが見た鳴沢珠依（ナルサワスイ）は、原因不明の昏睡（こんすい）状態に陥っており、研究材料として、統合体（ガンツアイト）の厳重な監視下にあった。さすがにそんな彼女を殺せとは言えない。

だから、ゼンと澄華（すみか）の怒りの矛先が、龍の器であるヤヒロに向いたのは、ある意味、当然のことだった。半ば虜囚と化している珠依（スイ）と違って、ヤヒロは壊滅した日本のどこかでのうのうと生き延びていたのだから――

それ以降、ゼンと澄華（すみか）はヤヒロを捜し続けていた。

もちろん彼に復讐（ふくしゅう）したいという気持ちはある。

しかし、それ以上にゼンたちを突き動かしていたのは使命感だった。龍の器であるヤヒロが生きていれば、いつの日か彼は再び龍と化して新たな災厄のきっかけとなりかねない。それを防ぐのは、彼と同じ不死者（ラザルス）である自分だとゼンは感じていたのだ。

だから、山瀬道慈（ヤマセドウジ）の暴露動画にヤヒロの姿が映っていると知ったときには驚喜した。

一方で激しい焦（あせ）りも覚えた。地の龍（スペルビア）の器であるはずのヤヒロが、新たに火の龍（アワリティア）の加護を手に入れたと知ったからだ。

このままヤヒロを放置すれば、彼は再び龍と化す可能性が高い。

その前に彼を殺さなければならない。不死身の彼を殺せないというのなら、二度と目覚めないように封印する——それが自分たちの役割だと信じた。

人質を使うような卑怯（ひきょう）な真似（まね）をしてでも、ヤヒロを呼びだしたのはそのためだ。

だが、結果的にゼンたちは間に合わなかった。

統合体（ガンツアイト）に監視されていたはずの珠依（スイ）が現れ、ヤヒロを龍へと変えたからだ。

「ちょっと、キリがないんだけど……！」

魍獣（もうじゅう）を足止めするための氷の防壁を張り巡らせていた澄華（すみか）が、次々に生み出される新たな冥界門（プルトネイオン）に気づいて悲鳴を上げた。

「やはり龍の本体を倒すしかないか……澄華（すみか）、力を貸せ……！」

「う、うん！」

右手で西洋剣を構えたゼンが、澄華を左手で抱き上げた。

澄華がゼンの右手に手を重ね、ありったけの龍気を流しこむ。

その龍気を刃に乗せて、ゼンが剣を突き出した。解き放たれた冷気が大気を凍らせ、生み出された液体窒素と液体酸素が、純白の奔流となって怪物化したヤヒロを襲う。

漆黒の鱗に覆われた龍人の肉体が、氷に覆われて白く染まった。

しかしヤヒロは動きを止めない。苦悶の咆吼を上げながらも、自らを包みこむ氷塊を不可視の障壁で破壊する。その強靭な龍の生命力に、ゼンは歯噛みした。

「今のでも倒しきれないのか!?　だが、これなら……！」

ゼンが再び剣を構えた。

人の姿から大きくかけ離れているとはいえ、半龍の基盤となっているのは、不死者であるヤヒロの肉体だ。そして生物としての肉体を持つ以上、ゼンの神蝕能が生み出す極低温のダメージからは逃れられない。斥力障壁を展開して、肉体の凍結を防ごうとしたのがその証拠だ。

たしかに相手は常軌を逸した化け物だが、無敵ではない。不死者の再生能力を上回る攻撃を繰り返し、体力を奪い続ければ、いずれヤヒロは力尽きて半龍の肉体を維持できなくなる。

そんな確信を得て、ゼンは再び神蝕能を解放しようとした。

だが、ゼンが冷気の奔流を放つ直前、その右腕が根元からちぎれ飛ぶ。

圧縮された空気による衝撃波の弾丸――風の龍の神蝕能だ。攻撃を放つ直前の一瞬の隙を衝いて、山瀬(ヤマセ)がゼンを撃ったのだ。

「山瀬(ヤマセ)……道慈(ドウジ)ッ……！」

再生した右腕で落ちた剣を拾い上げながら、ゼンは怒りに満ちた眼差(まなざ)しを山瀬(ヤマセ)に向けた。

デジタルカメラを構えたままの山瀬(ヤマセ)が、左手で握ったナイフをゼンに向けている。

「頼むからガキは大人しくしてろって。おまえの役目はもう終わりなんだよ、相楽(サガラ)」

山瀬(ヤマセ)が乱暴な口調で言い放つ。普段の飄々(ひょうひょう)とした態度は鳴りを潜めて、彼の攻撃的な本質が露(あら)わになっていた。

月明かりに照らされた山瀬(ヤマセ)の姿が、陽炎(かげろう)のようにゆらりと揺れた。彼の周囲の大気が渦を巻き、新たな圧縮空気の弾丸を生み出そうとしているのだ。

「風の龍(イラ)の神蝕能(レガリア)は芸のない権能でよ、不死者(ラザルス)を殺しきるのは面倒なんだよ！　悪く思うな！」

「……っ⁉」

山瀬(ヤマセ)が、轟音(ごうおん)とともに神蝕能(レガリア)を放つ。

咄嗟(とっさ)にゼンは澄華(すみか)を突き飛ばし、自らの周囲に氷の鎧(よろい)を展開した。

ゼンの神蝕能(レガリア)では、山瀬(ヤマセ)の衝撃波を完全に防ぐことはできない。

しかし山瀬(ヤマセ)自身が語ったように、風の龍(イラ)の権能は、不死者(ラザルス)を無力化するのに向いていない。

〝血纏(ゴア・クラッド)〟で最初の一撃を防ぎきれば、山瀬(ヤマセ)が次の攻撃を放つ前に彼を倒せる――ゼンはそう考えたのだ。

しかし予想していたような衝撃が、ゼンを襲ってくることはなかった。

代わりにゼンが味わったのは、ふわりとした頼りない浮遊感だ。

山瀬(ヤマセ)が放ったのは破壊的な衝撃波ではなく、指向性を持たせた空気の流れだった。竜巻のような強風に煽(あお)られて、ゼンの肉体が宙に浮く。

「しまっ……！」

「ゼン！」

澄華(すみか)の悲鳴が、眼下の地上から聞こえてくる。

山瀬(ヤマセ)の風でゼンが吹き飛ばされた高さは、せいぜい十五メートルほど。

普段なら気にするほどの高度ではない。たとえ地上に墜落しても、不死者(ラザルス)であるゼンなら、数秒もあれば再び動けるようになる。

しかしゼンの落下地点には、巨大な闇が口を開けていた。

冥界門(プルトネイオン)。地の龍(スペルビア)の権能によって穿(うが)たれた、底の見えない縦坑(たてこう)が――

「悪いな、相楽(サガラ)。これで終わりだ」

遠ざかっていく山瀬(ヤマセ)の声が、なぜかゼンの耳元ではっきりと聞こえた。

そして次の瞬間、無数の衝撃波の弾丸が上空からゼンへと降り注ぐ。

「ゼンッ！　いやあああああああ――っ！」

地面に倒れたままの澄花(すみか)が絶叫した。

だがその声が届く前に、ゼンは不可視の弾丸を浴びて冥界門(プルトネイオン)の奥底へと叩(たた)き落(お)とされたのだった。

4

彩葉(いろは)のスマホが鳴り始めたのは、アンドレア・ベリトが率いる部隊が再侵攻を始めた直後のことだった。

普通に考えれば応答できる状況ではなかったが、彩葉(いろは)は慌てて通話に出る。スマホの画面に表示されたのが、誘拐された妹の名前だったからだ。

『──彩葉(いろは)ちゃん！』

「絢穂(あやほ)!? 無事なの!? 今どこにいるの!?」

『彩葉(いろは)ちゃん、お願い、助けて！ ヤヒロさんが……ヤヒロさんが……』

「え？ ヤヒロ？ ヤヒロがどうしたの……？」

彩葉(いろは)の質問を遮って、絢穂(あやほ)が助けを求めてくる。

しかし詳しい話を聞き出そうにも、絢穂(あやほ)は混乱していて会話にならない。それに周囲の雑音も酷(ひど)い。絶え間ない地鳴りと爆発音。そして無数の魍獣(もうじゅう)たちの雄叫(おたけ)び。伝わってくるのは、絢(あや)

穂たちが尋常ならざる状況に置かれていることだけだ。

「アクリーナ。聞こえますか？」

途方に暮れて立ち尽くす彩葉の隣で、ロゼも通話を始めていた。

通話の相手は、連合会幹部のアクリーナ・ジャロヴァだ。アクリーナは、人質にされた絢穂を取り戻すために、ヤヒロに同行したと聞いている。だとすれば、今もヤヒロや絢穂の近くにいる可能性が高い。ロゼはそう判断したのだろう。

『──ロゼッタ・ベリトか。すまない。こちらはかなり厄介な状況になっている』

暴風にかき消されながら、途切れ途切れの音声が聞こえた。すぐ近くで絢穂の声もする。

「佐生絢穂も一緒なのですね？　いったいなにがあったのですか？」

『わからない。鳴沢八尋が誘拐犯との交戦を開始したと思ったら、突然苦しみだしてそのまま怪物のような姿に変わってしまったんだ』

「……そちらの映像は送れますか、アクリーナ？」

『ああ。少し待て。すぐに送る』

アクリーナが通話を映像モードに切り替えた。

最初に映し出されたのは車内の映像だ。どうやら絢穂とアクリーナは、装甲車の中に避難しているらしい。

アクリーナがスマホのカメラを切り替え、窓の外の撮影を開始する。

そこに映っていたのは、地面の裂け目から湧き出す魍獣たちの群れ。そして苦しげにのたうつ怪物だった。

光量が不足しているせいで正確な姿はわからない。それでも、その怪物の正体は明白だった。漆黒の鱗に覆われた龍人だ。

「これが、ヤヒロなの？」

掠れた声で彩葉が訊いた。絢穂が弱々しい声で返事をする。

『うん……ヤヒロさんが相楽さんと戦いになって、そしたら白い髪の女の子が現れて、彼女がヤヒロさんになにか話しかけたら……こんなことに……！』

「白い髪の女の子って……まさか、本当に珠依さんが？」

彩葉が驚きに息を呑んだ。

ロゼたちの予想が当たったというだけでなく、それが最悪の形で現実化したことに動揺する。しかし心のどこかで納得もしていた。ヤヒロを怪物に変えられる者がいるとすれば、それは鳴沢珠依以外にはあり得ない。

「映像には魍獣たちが映っているようですが」

ロゼが冷静な口調でアクリーナに訊いた。

『ああ。魍獣の発生源はここだ。冥界門が開いている。かなりの規模だ』

「あなたたちは魍獣に襲われていないのですか？」

『あ、ああ。そうだな。装甲車の中に隠れているからだと思うが……』

アクリーナが歯切れの悪い口調で言う。魍獣たちに取り囲まれながら、なぜ自分たちが無事なのか、彼女も理解できずにいるのだろう。

「……そうですか」

ロゼが感情の読めない声で呟いた。

「待ってて、絢穂。お姉ちゃんが必ず助けに行くから！」

彩葉が勢いこんできっぱりと宣言する。

魍獣は、彩葉にとっては脅威ではない。単に襲われないというだけでなく、彩葉は、なぜか魍獣たちと意思を通わせ、彼らを従えることができるからだ。絢穂たちが魍獣に取り囲まれて動けないというのなら、自分が彼女を助けに行かなければならない、と彩葉は思う。

『う、うん……でも……』

『そちらも襲撃を受けているのではないのか？』

絢穂とアクリーナが不安そうな口調で確認する。

彩葉たちの背後で聞こえる銃声に、彼女たちも気づいているらしい。

「ええ。アンドレア・ベリトに雇われた民間軍事会社に加えて、魍獣の襲撃を受けています」

ロゼがあっさりと白状する。アクリーナはしばし絶句して、

『そんな状況で、我々を助けに来る余裕があるのか？』

「いえ。こんな状況だからこそ、です」

『なに？　それはいったい――』

戸惑うアクリーナの言葉が、激しいノイズに襲われて途切れた。

彩葉と絢穂の通話も、ほぼ同時に切断されている。原因不明の電波障害。おそらく地の龍の神蝕能が、地磁気に干渉した影響だ。

「絢穂!?　もしもし、絢穂……!?」

沈黙したスマホに向かって、彩葉が必死に呼びかける。

思いがけず近い場所で鳴り響いた爆発音が、そんな彩葉の声をかき消した。

アンドレア・ベリトが率いる傭兵部隊による攻撃。ギャルリーの自動銃座を狙った榴弾砲の流れ弾が、彩葉たちのいる建物に降り注いだのだった。

5

「きゃあああああっ」

通路のガラスが砕ける音とともに、悲鳴が響いた。

彩葉自身の悲鳴ではない。聞き覚えのあるその声に、彩葉の表情が凍りつく。

「凜花!?」

頭で考えるより先に、彩葉は部屋を飛び出した。

薄暗い通路には割れたガラス片が散乱し、硝煙混じりの外気が流れこんでいる。天井の照明もいくつか割れているようだ。剝き出しになった配線から、青白い火花が散っている。

うずくまっている少女の背中を、その弱々しい火花が照らしていた。

彩葉の妹の一人――十二歳の滝尾凛花だ。普段は要領がよくて気の強い彼女だが、至近距離で砲撃に晒されて、今にも泣き出しそうな表情を浮かべている。

「凛花⁉　どうして来たの……⁉　シェルターに避難してるって……」

「ごめん、彩葉ちゃん。でも、瑠奈が……」

「瑠奈？」

彩葉は、震える凛花が、自分よりも更に幼い少女を庇っていたことに気づく。

凛花の腕に抱かれたまま、落ち着いた表情で彩葉を見上げていたのは、最年少の瑠奈だった。

その瑠奈が連れていたのは、中型犬サイズの白い魍獣だ。彼女は無言で魍獣を抱き上げ、彩葉の前に差し出してくる。

「……ヌエマルを連れてきてくれたの？　わたしのために？」

「ん」

瑠奈がこくりと小さくうなずく。

彩葉は戸惑いながらも彼女からヌエマルを受け取った。こんなときの瑠奈の行動にはいつも意味がある。そのことを知っていたからだ。

「ありがとう、瑠奈。ヌエマルはたしかに受け取ったから、二人は早くシェルターに――」

彩葉は、そう言って凛花たちを立ち上がらせた。

建物の外では今も激しい銃撃戦が続いている。ギャルリー本部の建物は堅牢だが、本格的な戦闘に耐えられるような造りではない。

二人を早く逃がさなければ――と焦る彩葉を嘲笑うように、甲高い飛翔音が聞こえてきた。

砲弾が飛来する音だと気づいたときには、手遅れだった。

窓の外を閃光が白く染め、ひび割れていたガラスを爆風が根こそぎ吹き飛ばす。

「――彩葉ちゃん！」

凛花が声にならない悲鳴を上げた。レンガ造りの建物の壁が崩落し、吹き飛ばされた瓦礫が彩葉たちを襲ってくる。

だが、彩葉たちにぶつかる寸前で、その大量の瓦礫は動きを止めた。見えない壁にぶつかったように、そのまま音もなく地面に落ちる。

「神蝕能……なんで……？」

ぺたん、と床に座りこんだ彩葉が、積み上がった瓦礫を見上げて呆然と呟いた。

斥力で生み出された不可視の障壁。その現象を彩葉は知っていた。統合体の代理人――オーギュスト・ネイサンがヤヒロとの戦いで使った地の龍の神蝕能だ。

「子どもたちのことなら心配無用だ、侭奈(ままな)彩葉(いろは)。今だけは俺が彼らの護衛を引き受けよう」

通路の奥から、張りのある低い声が聞こえてくる。

声の主は、高価そうなスーツを隙なく着こなした長身の黒人男性だ。

「あなた……珠依(スイ)さんと一緒にいた人……！　ネイサンさん！」

彩葉(いろは)がネイサンを指さして叫ぶ。珠依(スイ)と組んで行動しているはずの彼が、なぜギャルリーの基地内に突然現れるのかわからない。

しかも彼は彩葉(いろは)の妹たちを救い、自ら護衛役を名乗り出てくれているのだ。

「――不法侵入は感心しないなあ、オーギュスト・ネイサン」

爆発音を聞いて通路に出てきたジュリが、絶句している彩葉(いろは)の代わりに彼に呼びかけた。

「日本人である俺たちに言わせれば、おまえたちのほうこそ不法占拠の侵入者なのだがな」

ネイサンが冷ややかに反論する。

ギャルリー・ベリトが本拠地として使っているこの建物は、本来は、明治(めいじ)政府によって造られた保税倉庫だ。ジュリたちは、大殺戮(ジェイノサイド)後、無人の廃墟(はいきょ)と化したその倉庫を勝手に使っているだけである。ネイサンはそれを指摘しているのだ。

「そんなことよりも、部下たちに武器の交換をさせておけ。最低でも三十口径以上。できれば五十口径が望ましい」

「五十口径って……対物ライフル？　魍獣(もうじゅう)狩りってわけでもないのに、なんに使う気？」

ジュリが怪訝(けげん)な口調で訊(き)き返す。

五十口径――十二・七ミリ弾は、銃機関銃や長距離狙撃用に使用される大口径の弾薬である。通常のライフル弾の数倍の威力を持つが、反動が大きすぎて扱いづらい。そもそも対人戦闘で使うには、威力が過剰すぎるのだ。

それでも日本で活動している民間軍事会社には、その五十口径クラスの火器が常備されている。それは魍獣(もうじゅう)に対抗するためである。強靭(きょうじん)な生命力を持つ高グレードの魍獣(もうじゅう)と戦うには、五十口径の威力が必要不可欠なのだ。

「どうして魍獣(もうじゅう)狩りではないと思った？」

ネイサンが落ち着いた口調で質問した。ジュリが愉快そうに眉を上げる。

「えー……だって魍獣(もうじゅう)がここまで来るにしても、うちらより先にアンドレアが襲われるでしょ」

「アンドレア・ベリトの傭兵(ようへい)部隊が、この基地を包囲しているからか。だが、彼らがいつまで人間でいられるかな？」

「へえ……面白いことを言うね、オーギュスト・ネイサン」

ジュリが口元だけの笑みを浮かべた。

彩葉(いろは)の腕に抱かれていたヌエマルが、ピクリと耳を動かしたのはその直後だ。どこかで高らかな獣の遠吠(とおぼ)えが鳴り響き、それに反応してヌエマルが低く唸(うな)り出す。

「魍獣」

瑠奈が短く呟いた。

まるでそれがきっかけになったように、ギャルリー本部を包囲していた傭兵部隊の動きが変わる。銃撃が唐突に激しさを増し、包囲網のあちこちで悲鳴が上がった。

後方から押し寄せてきた魍獣たちが、傭兵たちに無差別に襲いかかったのだ。

「なに、この数……二十三区にいたときより多いかも……」

壊れた壁の隙間から外をのぞいて、凜花が怯えたように声を震わせた。

姿を現した魍獣の数は、視界に映るだけでも三十体以上。しかも時間を追うごとに、その数は信じられないほどの勢いで増えていく。

猛禽のような姿を持つもの。ヌエマルに似た肉食獣型のもの。そして類人猿に似た二足歩行型のもの。そのほとんどが彩葉たちがこれまで見たことのない種類の魍獣だ。

「珠依さんは……いったいどれだけの数の魍獣を喚び出したの……？」

背筋が冷たくなるような感覚を味わいながら、彩葉がうめいた。

横浜要塞の防衛ラインの内側——しかも海沿いにあるギャルリーの基地周辺でこの有様なのだ。冥界門の周辺では、何百体の魍獣がひしめいているのか想像もつかない。まるで横浜を魍獣で埋め尽くそうとするような勢いだ。

「いや、違う。望んで喚び出したわけではない。鳴沢珠依は門を開いただけだ」

「門？」

「そう。冥界門……世界の境界を引き裂く門だ」

ネイサンが彩葉の疑問に答えた。

彩葉が困惑に目を細める。ネイサンの説明はよくわからない。だが、彼がなんの意味もなく、そんな大袈裟な言葉を使うとは思えなかった。

世界の境界が引き裂かれたと彼が言うのなら、それは間違いなく引き裂かれてしまったのだ。

「彩葉ちゃん！　見て！」

凜花が顔を強張らせながら外を指さした。

彼女が見ていたのは、アンドレア・ベリト配下の傭兵だ。腕に傷を負いながらも、どうにか魍獣の撃退に成功している。だが、その直後、彼の肉体には異変が起きていた。

全身の筋肉が膨れ上がり、骨格が歪む。肉体が人ではない別の存在へと変化する。虎と鷲を混ぜ合わせたような異形の怪物――魍獣へと。

「なに……なんなの……どうして、人が魍獣に……!?」

彩葉が恐怖に全身を竦ませた。顔の筋肉が強張って上手く言葉が紡げない。

異変が起きたのは一人だけではない。戦場のあちこちで、負傷した傭兵たちが魍獣へと変わっていく。吸血鬼に襲われた人間が吸血鬼に変わるように、魍獣に傷つけられた人間が魍獣へと変化しているのだ。

「二十三区で暮らしていて、不思議に思ったことはなかったか？　どうしてあの廃墟の街に、人間の死体が残っていなかったのか、と」

ネイサンが素っ気ない口調で彩葉に訊いた。

彩葉は蒼白な顔で彼を見る。

そう。ずっと気づかないふりをしていた。だが、疑問を忘れたことはなかった。

二十三区で暮らしていた四年間、彩葉は人間の死体をほとんど見ていない。大殺戮で殺された人々の死体は、二十三区に残っていなかったのだ。

「二十三区だけの話ではない。わずか数カ月で一億二千万人以上が命を落としたというのに、日本国内に残された死体は、不自然なほどに少なかった。魍獣に喰われた者もいるだろうが、骨や髪すら残っていないのはなぜなのか――彼らの姿が、その答えだ」

魍獣に襲われ、魍獣へと変化していく傭兵たち。そのおぞましい光景を眺めて、ネイサンが告げる。日本人は魍獣に喰われたのではなく、魍獣そのものになったのだ、と。

「嘘……」

彩葉が弱々しく首を振った。

魍獣に襲われた人間が、魍獣に変わる。それはある意味、死ぬよりも恐ろしいことだった。

もし本当に魍獣の正体が人間だったのなら、日本人を皆殺しにしたのは、同じ日本人ということになるからだ。

　そして今も日本の各地で、世界各国の軍隊が魍獣を殺し続けている。そのための武器弾薬を供給しているのは、ギャルリー・ベリトを含めた武器商人たちなのである。

「魍獣は、かつての日本人の成れの果てだ。龍の毒は、人を人ならざる怪物へと変えてしまう。魍獣が海に出現しないのも、それが理由だ。人が暮らしていない場所に、魍獣が現れることはないからな」

「で、でも、知流花ちゃんが横須賀を襲ったときは……」

「山の龍──三崎知流花は、横須賀に上陸する直前に多くの米軍艦艇を沈めている。あのとき海から現れた魍獣の正体は、山の龍に沈められた艦の乗員だ」

　ネイサンの無慈悲な説明に、彩葉は反論できなかった。彼の言葉が真実だと気づいてしまったからだ。

「魍獣への変化は伝染する──海外在住の日本人が虐殺されたのは、統合体が各国の政府にその情報を流したからだ。新種のウイルスだの生物兵器だのという、それらしい理由をくっつけてな」

「そん……な……！」

　彩葉は激しく首を振った。感情が乱れて思考がまとまらない。

　魍獣は人を襲う。そして魍獣に襲われた人間は新たな魍獣になる。だとすれば、魍獣を殺さないわけにはいかない。だが、その魍獣の正体も人間なのだ。

「だったら冥界門というのはなに？　どうして魍獣たちは地面の底から這い出してくるの？」

「冥界門というのは文字どおりの意味だ。ただの門だよ」

ネイサンが穏やかな口調で言った。

「冥界というのが具体的にどのような場所かは知らないが、要はこの世界とは違う空間だろう。あの大殺戮の日に溢れた魍獣たち——つまりは日本人を、その冥界に隔離した者がいる。彼らを虐殺から守るためにな」

「誰……が？」

質問する彩葉を、ネイサンは無言で見返した。

答える必要があるのか、と彼の瞳が言外に告げていた。

彩葉はグッと言葉を呑みこむ。数千万体の魍獣を、異なる世界に隔離する。そんな出鱈目なことが出来るのは、龍の巫女以外にはあり得ない。

「地の龍の神蝕能【虚】は、冥界との壁に裂け目を穿っているだけだ。だから魍獣が湧き出てくる。冥界に隔離された魍獣たちのごく一部がな」

沈黙した彩葉に構わず、ネイサンが続けた。

そうか、と彩葉は無言で唇を噛んだ。言われてみれば腑に落ちることばかりだ。

珠依はこれまで魍獣たちを喚び出すだけで、積極的に彼らを操ることはなかった。魍獣たちの召喚は彼女の権能の単なる副産物だったのだ。

「——なるほど。そういうことでしたか」

いつの間にか通路に現れていたロゼが、彩葉たちの会話に割りこんでくる。

「彩葉を危険に晒すような計画を、統合体が容認したことを不思議に思っていたのですが、最初からこうなることがわかっていたのですね」

「わかってた……って、なにが？」

彩葉がロゼを見上げて訊き返す。

その質問に答えたのはロゼではなく、ネイサンだった。

「地の龍が召喚されれば、横浜には魍獣たちがあふれかえる。そうなれば、アンドレア・ベリトがどれだけの手勢を集めようとも、誰もきみを傷つけることはできない」

「……わたしが龍の巫女だから？」

「違うな。きみが、特別な龍の巫女だからだ、クシナダ」

「なによ、それ……」

「統合体は最初からきみに手を出すつもりはなかった。彼らが必要としていたのは鳴沢八尋だけだ。きみはギャルリーに匿われて、大人しくしてくれていればそれでよかった。そのために盗撮動画や連合会を使って、鳴沢八尋をきみから引き離したんだ」

ネイサンが、追い打ちをかけるように彩葉に告げた。

彩葉は思わず立ち上がってネイサンを睨めつける。

「ヤヒロを使って、なにをするつもり……？」

「逆に訊こう。なぜ不死者なんてものが存在するのだと思う？」

「え？」

「不死者とは依り代だ。龍を召喚するための器だよ。龍の持つ膨大な力を受け入れるためには、不死の肉体が必要だったのだ」

「龍の……器……」

彩葉が掠れた声でうめく。

真っ先に思い浮かんだのは、龍人へと変化した三崎知流花の姿だった。山の龍を召喚した彼女は人ならざる存在へと姿を変え、そして暴走し、消滅した。

一方、過去に地の龍を召喚した鳴沢珠依は、今も人間の姿を保っている。

彼女たち二人に違いがあるとすれば、それは対になる不死者の存在だ。

かつての珠依にはヤヒロがいたが、知流花は自らの加護を与えた不死者を――神喜多天羽をすでに失っていた。だから知流花は、自分自身の肉体を龍の器にするしかなかったのだ。

「巨大な力は、存在するだけで周囲に影響を与える。四年前に地の龍が出現したときは、その影響で、きみを含めた七人の龍の巫女が新たに覚醒した」

ビクッと彩葉が肩を震わせた。

彩葉には、己が龍の巫女であるという自覚はない。

だが記憶はある。曖昧な夢に似た朧気な記憶。滅びてしまった、どこか遠い世界の記憶。

それを思い出したのは、大殺戮が始まったあの日——龍を目にした瞬間ではなかったか。

「統合体の目的は、世界各地に潜在的に存在するであろう龍の巫女を覚醒させ、地球規模の大殺戮——真の大量虐殺を引き起こすことだ。現在の文明をリセットし、新たな世界を作り直すためにな」

「そのためにヤヒロを利用したの⁉　珠依さんのことも⁉　そんなのって……そんな……」

俯いて肩を落とした彩葉が、しゃくり上げるように息を吐く。

「彩葉……」

「……」

「彩葉ちゃん……」

ジュリとロゼ、そして凜花が心配そうに彩葉を見つめた。彼女たちには、彩葉が泣いているように見えたのかもしれない。だが——

「……ああもう！　なにそれ⁉　あったまきたああああっ！」

勢いよく顔を上げた彩葉が、頭上を仰いで絶叫した。

落ちこむどころか突然怒りだした彩葉を見て、凜花たちがぽかんと目を丸くする。

しかし彩葉には彼女たちを気遣う余裕はなかった。

足元のヌエマルを抱え上げ、壁の外に向かってずかずかと大股で歩き出す。

「どこに行く気だ、侭奈彩葉？」

「決まってるでしょ！　ヤヒロを取り返して珠依さんを止めるのよ！」

背後から投げかけられたネイサンの疑問に、乱暴な口調で彩葉が答える。

そう。彩葉はずっと怒っていたのだ。

暴露動画のせいでギャルリーの隊舎に閉じこめられた上に、誘拐された絢穂を助けに行くこともできず、その結果、ヤヒロを珠依に奪われた。

おまけに自分のせいでギャルリーの本部が襲撃され、挙げ句の果てにこの魍獣騒ぎだ。

その間ずっと、彩葉は蚊帳の外に置かれ続けていた。

そうやって溜まりに溜まったストレスが、ついに爆発したのだった。

そんな彩葉に向かって、ネイサンがなにかをひょいと放った。

反射的にそれを片手で受け取って、彩葉が眉を寄せる。スマホほどの大きさの小さな機械だ。

「これは？」

「ＧＰＳマップだ。持っていけ。鳴沢珠依の居場所が表示されるようになっている」

「……どうしてわたしに手を貸してくれるの？」

彩葉が戸惑うような表情でネイサンを見た。

猛獣の出現で大混乱に陥っている今の状況で、珠依の居場所がわかるのはありがたい。だが、珠依の味方であるはずのネイサンが、彩葉に協力する理由がわからない。

「きみが鳴沢八尋を取り戻せたら説明しよう」

ネイサンが彩葉を挑発するような口調で言う。

勿体ぶった態度が癪に障ったが、説明するという彼の約束は信用できると彩葉は感じた。

「じゃあ、行こうか」

渡されたGPSマップを握りしめる彩葉に、ジュリが気楽な口調で言った。

「そうですね。私たちも借りを返さなければならない相手がいますし」

愛用の拳銃の装弾状況を確認しながら、ロゼも同意する。

背後からの魍獣たちの襲撃によって、傭兵部隊による包囲網は事実上すでに崩壊していた。

これ以上、ギャルリー・ベリトが籠城を続ける必要はない。魍獣の襲撃による混乱を利用して、ジュリたちはアンドレア・ベリトに反撃するつもりなのだ。

「少しだけ待ってて、二人とも」

すぐにでもヤヒロの元へと駆けつけたい気持ちを抑えて、彩葉が言う。

そして目を向けたのは、今も瑠奈を抱きしめたまま青ざめている凜花だった。

ヤヒロが珠依の手で龍人に変えられてしまったというのなら、彩葉が無策で会いに行っても、彼を取り戻すのは不可能だろう。

彩葉にもなにか武器が必要だ。ヤヒロを揺さぶり、彼の意識を彩葉に向けさせる武器が。

「手伝って、凜花。力を貸して。必ずヤヒロを連れ戻すから！」

絶対の信頼を寄せている大切な妹に向かって、彩葉が言う。

凜花は驚いたように顔を上げ、かすかに、だがきっぱりとうなずいた。

6

「くそ、いったいどうなっている⁉　まだ魍獣は片付かないのか……⁉」

無骨な軍用テントの下。士官用のミリタリーチェアに座ったアンドレア・ベリトが、苛立ちも露わに喚き散らした。

旧桜木町駅跡地の駅前広場。アンドレアが率いる傭兵部隊の本陣である。

一千人近い戦闘員を投入した民間軍事会社連合だが、集めた兵力はすでに半減している。ギャルリー日本支部の想定外の反撃。そして予期せぬ魍獣の大発生のせいだ。

「人間が魍獣に変わるだと⁉　そんな馬鹿げた話が信じられるか……！」

ガリガリと髪をかきむしりながら、アンドレアがうめいた。

日本に来て間もないアンドレアにとって、魍獣と遭遇は初めての経験だ。無警戒だったわけではないが、知性を持たないただの怪物だと侮っていたのも事実である。

だからこそ、その魍獣によって部隊が壊滅しつつあるという状況を、素直に受け入れることはできなかった。

魍獣(もうじゅう)に襲われた傭兵(ようへい)たちが、次々に魍獣(もうじゅう)に変わっていく。

一体の魍獣(もうじゅう)を倒している間に、その数倍の数の魍獣(もうじゅう)が新たに生まれていく。

そんな泥沼の戦場で、寄せ集めの連合部隊が士気を保てるはずもない。

「支部長、ランデル少尉からの報告です。ガル・コープ社の部隊が撤退を始めたと──」

通信機に張りついていたアンドレアの部下が、悲痛な声で報告を上げてくる。

アンドレアは、反射的に眉を吊(つ)り上(あ)げて怒鳴り返した。

「撤退だと⁉ 馬鹿な！ そんな命令は出してないぞ！」

「それが、魍獣(もうじゅう)の出現に起因する作戦行動の中断は、契約により認められていると先方は主張しているそうで」

「なに⁉」

「じ、事実です。ほかの協力企業との連絡も途絶えており、おそらく同様の理由で戦線を離脱したものと思われます！」

「馬鹿な……！」

アンドレアが目の前の作業台を殴りつける。

日本に拠点を持たないアンドレアは、現地(ここ)で雇った民間軍事会社の部隊に戦力の大半を依存している。もしこのまま彼らの逃亡を許したら、ギャルリー日本支部を潰すどころか、魍獣(もうじゅう)の群れを撃退することすら難しくなるだろう。

「我々も、最悪の場合を想定した策を練っておいたほうがいいかもしれません」

副官が、苦しげな表情でアンドレアに進言する。

オセアニア支部から連れてきたその男は、古くからベリト侯爵家に仕えている歴戦の傭兵だ。しかしアンドレアは、怒りに満ちた眼差しで彼を睨みつける。

「尻尾を巻いて逃げろというのか？　日本支部の戦闘員は百人にも満たないんだぞ!?」

「ですが彼らは、我々と違って魍獣との戦闘に熟達しています。それに妹様たちへの忠誠心も」

「俺では不足だとでもいうのか――？」

ヒステリックに喚き散らすアンドレアを、副官が痛ましげな表情で見返した。

ギャルリー日本支部の戦闘員たちが、ジュリエッタ・ベリトに心酔していることは有名な話だ。事実、圧倒的な不利な状況で連合部隊に包囲されていても、逃げだそうとする戦闘員は日本支部には一人もいなかった。

それに比べてアンドレアに求心力が乏しいことは、誰に言われずとも明らかだ。

金で雇った傭兵だけでなく、オセアニアから連れてきた直属の部下からも、持ち場を離れて逃走する者が現れ始めている。アンドレアの人望不足が、この危機的な状況下で表出したのだ。

「アンドレア様」

屈辱に震えるアンドレアに、背後に控えていたエンリーカが呼びかけた。

「なんだ？」

苛立ちを抑えて振り返ったアンドレアは、モニタに映った映像を見て息を呑む。

ギャルリー日本支部の隊舎から、純白の魍獣が飛び出したのだ。

周囲の魍獣たちとは一線を画する、高グレードの巨大な魍獣。その背中に、ほっそりとした人影が乗っている。フードで顔を隠しているが、その正体はすぐにわかった。

魍獣に騎乗する少女など、アンドレアが知る限り一人しかいない。

「侭奈彩葉か！」

アンドレアが目を輝かせて立ち上がる。

「まさか自分から出てきてくれるとはな！　なにをやっている⁉　早く捕まえろ！」

「そ……それが、魍獣たちが、まるであの娘を守るみたいに……！」

「なに……⁉」

アンドレアが驚きに顔を強張らせた。

魍獣たちに襲われていたのは、アンドレアの傭兵部隊だけではない。ギャルリー日本支部の戦闘員にも、魍獣たちは無差別に襲いかかっていたはずだ。

だが、彩葉が白い魍獣に乗って現れた瞬間、戦場の様相は一変した。

その場にいた何体もの魍獣たちが人間を襲うのを一斉に中断し、彼女に付き従うように、整然と行進を始めたのだ。

「あれが……クシナダか……！」

神々しくすら思える彩葉の姿に、なぜか恐怖を覚えてアンドレアが呻いた。

魍獣の恐ろしさを思い知らされた直後だけに、彼らを操る彩葉の価値を痛感する。

龍が実在するかどうかなど、もはや問題ではない。魍獣の群れを率いる侭奈彩葉は、たった一人で、あらゆる戦場を制圧可能な究極の兵器になり得るのだ。

彼女を手に入れることができれば、アンドレアの地位は盤石のものとなるだろう。

「行け、エンリケッタ！　あの女を捕らえてこい！」

アンドレアがエンリーカに命令した。

侭奈彩葉を乗せた白い魍獣は、一直線にアンドレアのいる方角へと近づいてくる。ほかの橋はすべて破壊されているからだ。

猛スピードで駆ける魍獣に、普通の傭兵たちは追いつけない。だが、遺伝子改造で身体能力を強化されているエンリーカなら別だ。彼女の瞬発力ならば、あの魍獣の速度に対応できる。

だが、エンリーカは珍しく、戸惑ったようにアンドレアを見た。

「ですが、魍獣たちが迫っています。アンドレア様の護衛を離れるわけには……」

「──主に逆らう気か、人形風情が！」

カッとなったアンドレアが、口答えするエンリーカの頬を殴りつけた。

疾走する白い魍獣の速度は圧倒的だ。エンリーカがためらっている間にも、彩葉を逃がしてしまうかもしれない。その焦りがアンドレアを感情的にさせていた。

「調子に乗るな！　貴様ごときいなくてもどうにでも——……っ⁉」

無抵抗なエンリーカに対して、興奮したアンドレアが何度も拳を振り下ろす。

だが、そのアンドレアが突然大きくバランスを崩した。

エンリーカを殴ろうとした彼の右手が、鮮血を撒き散らしながらちぎれている。

一瞬遅れて、銃声が聞こえた。ギャルリーの制服を着た小柄な少女が拳銃を構えて、アンドレアたちのいるテントの正面に立っていたのだ。

「ぐおおおおおおっ……腕……俺の腕が……！」

「ロゼ姉様……！」

エンリーカが二挺のナイフを抜いた。

アンドレアたちが彩葉に気を取られている間に、ロゼが誰にも気づかれることなく、傭兵連合の本陣まで接近していたのだ。

「ロゼッタァァァ！　貴様ァァァァァァッ！」

激昂したアンドレアが、目を血走らせながら絶叫した。

「やれ、エンリケッタ！　ロゼッタを殺せ！　ロゼッタの近接戦闘レーティングはAプラス。Sプラスのジュリエッタや、SS評価の貴様には大きく劣る！　瞬殺しろ！」

「Cマイナス……一般人以下のスコアしか取れない兄様にそのように言われるのは心外です

「が」

「黙れェェッ！」

表情も変えずに言い放つロゼを、アンドレアが憎々しげに睨めつけて吼える。

「負傷したジュリエッタの代わりに、俺を倒すために近づいたのか！　身の程を知れ、ロゼッタ。貴様ごときが、戦闘特化型のエンリケッタを倒せるか！」

「――――ッ！」

アンドレアの言葉が終わる前に、エンリーカはロゼに斬りかかっていた。

常人では考えられない凄まじい加速。ロゼが左右の拳銃を乱射するが、エンリーカの速度についていけない。至近距離からロゼが放った銃弾すら、エンリーカはナイフで撃ち落とす。

ロゼは後方へと跳躍して、エンリーカの斬撃をかろうじて回避した。

完全に同じ顔をした二人だが、戦闘能力の差は歴然だ。

時間にすれば、わずか数秒。だが、その間に二人の攻防は十五回を超えた。疲れを見せないエンリーカに対して、ロゼの拳銃の弾丸が尽きる。

弾幕を張ることができなくなったロゼに対して、エンリーカは正面から斬りかかった。

新しい弾倉を装填する余裕はもちろん、武器を交換する時間すら与えない最速の攻撃。その攻撃をロゼはよけようとはしなかった。

「戦闘特化型……そうだね。だから、こんな単純な手に何度も引っかかる……！」

「……!?」

寂しげに微笑む姉の姿を見て、エンリーカが目を見開いた。

緑髪の少女の動きが、一時停止したビデオ映像のように突然硬直する。気づかないうちに張り巡らされた鋼線が、エンリーカの全身を搦め捕っていたのだ。

そして動きを止めた彼女の眉間に、小さなシミが穿たれる。

次の瞬間、後頭部から鮮血と脳漿を撒き散らし、エンリーカは声もなく吹き飛んでいた。

「……残念だよ、エンリーカ。妹のくせに、あたしとろーちゃんの区別もつかないなんて」

目深に被っていたフードが外れて、拳銃を構えていた少女の顔が露わになる。

前髪に一房だけ混じったメッシュの髪色は、鮮やかなオレンジだ。

「鋼線……それに狙撃だと……馬鹿な、おまえは……!」

「ろーちゃんだと思った？　残念だったね、兄様」

慣れない拳銃を投げ捨てながら、ジュリは冷ややかに首を振った。

近接戦闘を得意とするジュリが、あえて拳銃を使うことでロゼに成りすます。いまだに負傷のダメージを残したジュリが、戦闘能力で勝るエンリーカを倒すための苦肉の策だ。

その結果、エンリーカは、狙撃手がいないと錯覚した。

あとは鋼線を利用して、彼女の動きを止めればよかった。ほんの一瞬でもエンリーカを拘束してしまえば、確実にロゼが狙撃を成功させるとジュリは確信していたからだ。

「ちなみにろーちゃんの遠距離戦闘レーティングは計測不能なんだよね。狙撃を外したことがないからさ」

エンリーカの背後に隠れていたアンドレアに、ジュリは無造作に近づいていく。

アンドレアの部下たちは、エンリーカが殺された時点でほとんどが逃げ出していた。残ったわずかな人間は、ロゼが狙撃で始末している。残っているのは、アンドレアだけだ。

「だから言ったのに。エンリーカは失敗作だって。模擬戦闘(シミユレーシヨン)と実戦は違う。あたしとろーちゃんの見分けがつかなかった時点で、あの子に勝ち目はなかったんだよ」

「ま、待て、ロゼッ……いや、ジュリエッタ……！　俺の負けだ！」

情けなく地面に尻餅をつきながら、アンドレアがなりふり構わず命乞いを始める。

「俺は日本支部から手を引く。いや、オセアニア支部の経営権も貴様に渡そう。だから今回のことは見逃してくれ。妹よ――」

「ごめんね、兄様(にいさま)……」

ジュリが哀れむように息を吐きだした。彼女の瞳が見つめていたのは、アンドレアではなく、その先に広がる暗闇だ。

「たとえあたしが見逃しても、あなたはもう助からないみたい」

「ジュリエッタ……貴様、なにを言って……」

ようやく異変に気づいたアンドレアが、ジュリの視線につられて背後を振り返る。

その瞬間、闇の中から飛び出してきたのは、野牛に匹敵する体軀を持つ双頭の猛犬――俗にオルトロス型と呼ばれる魍獣だった。

「ひっ……ひいいいいいっ！」

アンドレアが獣じみた悲鳴を上げた。

ジュリが鋼線を絡みつかせてオルトロスの二つの首を斬り落とし、なおも暴れ続けるその巨体をロゼが狙撃銃で撃ち抜いた。大口径のライフル弾数発を浴びて、魍獣はようやく沈黙する。

しかしアンドレアの悲鳴が鳴り止むことはなかった。

地面に倒れた彼の背中には、魍獣の爪痕が刻まれている。

破れたスーツの裂け目から、鮮血が溢れだしている。

しかしアンドレアの悲鳴の理由は、傷の痛みのせいではなかった。

骨にまで達する重傷を負ったにもかかわらず、彼は苦痛を感じていない。それこそがアンドレアの悲鳴の原因だ。

「なんだ、これは⁉　なにがどうなっている……⁉」

獣毛に覆われ始めた自分の腕を見て、アンドレアが呆然と呟いた。喉頭部の形も変わりつつあるのか、その声も聞き取りにくく歪んでいる。

「魍獣化だよ。魍獣に傷つけられた人間は魍獣になる。この世界の理から外れた怪物に――」

人の姿を失い始めた兄を見下ろして、ジュリは冷淡に言い放つ。

「でも、安心して兄様(にいさま)。そうなる前に殺してあげるから」

「よ、よせ……ジュリエッタ……俺は……俺は……」

変貌を続けるアンドレアの首に、冷たい鋼線(ワイヤー)が絡(から)みつく。

アンドレアは恐怖に顔を引(ひ)き攣(つ)らせながら、必死にジュリを説得しようとした。

しかし魍獣(もうじゅう)化の進行した彼の口からは、もはや意味のある言葉は出てこない。

「あたしたちに妹(エンリーカ)を殺させた報いだよ。さよなら」

短い別れの挨拶とともに、ジュリは大きく腕を振った。

湿った音とともにアンドレアの身体(からだ)が地面に転がり、そしてジュリは二度と彼を振り返ろうとはしなかった。

第五幕　トゥルース

THE HOLLOW REGALIA

CHAPTER.5

1

天使に会ったのかと思った。
それほどまでに彼女の存在は、異質で非現実的だった。

崩れかけた研究所の一室。燃え盛る炎の中に彼女は立っていた。
薄い患者衣を来た十二、三歳ほどの少女だ。
髪を少年のように短く切って、全身の至る所に包帯を巻いている。
痩せた手脚。不健康そうな青白い肌。
それでも彼女は美しかった。
一目で、人外の存在だと理解できるほどに。

「ねえ、生きたい？」

倒れたままのヤヒロに向かって、少女が訊く。感情の籠もらない冷ややかな声だ。

「誰……だ？」

ヤヒロは彼女を見上げて訊き返そうとした。

実際には、ヤヒロの言葉は声にならず、掠れた息が漏れただけだった。

だが、それも無理からぬ状況だ。ヤヒロは、妹に心臓を刺されて死にかけている。出血の量を考えれば、今も息があるのが不思議なほどだ。

「名前はないわ。覚えてないの」

それでも少女はヤヒロの疑問に答えた。

自分が汚れることも厭わずに血塗れの床に屈みこみ、彼女はヤヒロの胸の傷口に触れる。

彼女の患者衣に貼られたラベルには、〝イ〟という文字と六桁の数字だけが書かれていた。

被検体を区別するためだけの単なる記号。イロハの〝イ〟だ。

彼女自身、そんなものを自分の名前とは思っていないだろう。

「誰かに刺されたんだね。いっぱい血が出てる。死にかけているあなたを、この子が見つけてくれたんだよ」

少女が、そう言って肩に乗せた動物に触れる。実験用モルモットほどの大きさの白い獣。ヤヒロの見たことのない種類の生物だ。

「逃げ……ろ……」

ヤヒロが声を絞り出す。

研究所の建物は燃えていた。ヤヒロたちのいる部屋にも白煙が立ちこめ、熱がこもり始めている。ここにいれば、いずれ少女も煙に巻かれて命を落とすことになるだろう。

「珠依(スイ)が……やったの……か？」

火災と、有毒物質の漏出。

所内の薬品や漏れ出したガスに引火したのか、どこかで絶え間なく爆発音が響いている。

火災の直接の原因は、その直前に発生した巨大な地震である。時折、研究所の建物が大きく揺れるのは、断続的な余震のせいだ。

天災としか思えない状況だが、なぜかヤヒロには確信があった。

この惨状は、珠依(スイ)の仕業だと。

「知らない。わたしはずっと部屋にいたから。建物が壊れて、ようやく外に出られたの」

少女が素っ気ない口調で言う。

その言葉で、ヤヒロは彼女がこの施設に閉じこめられていたことを知った。ヤヒロの父親が管理していたこの研究所に。

「それより質問に答えて欲しい。このままだとあなたは死んでしまうよ」

「質……問？」

ヤヒロは少女を見返して訊いた。少女はうなずき、最初の言葉を繰り返す。

「まだ、生きたい？」

灼けるような傷の痛みに耐えて、ヤヒロは小さく唇を震わせた。

その質問の答えは決まっていた。自分がもう助からないことはわかっている。刺された傷はあまりにも深く、流れ出た血は多すぎた。

だがそれでもヤヒロには生きなければならない理由がある。珠依を狂わせてなかったのは、彼女の兄である自分なのだから――

「まだ……死ねない……あいつを止めないと……」

「そっか」

途切れ途切れに答えるヤヒロを、少女は瞬きもせずに見つめて息を吐いた。

「ひとつだけ約束してくれるなら、あなたのことを助けてあげる」

「約……束？」

「わたしを、殺して」

少女が平坦な口調で告げる。ヤヒロは呆然と彼女を見つめた。

「な……に？」

「もう一人でいるのは疲れたの。わたしは死ぬことができないから」

少女は床に散らばっていた医療器具の中から、一本のメスを拾い上げる。その先端についた刃はちっぽけだが、血管を斬り裂き、人の命を奪うにはそれで充分だ。

「わたしを殺してくれるなら、いいよ。あなたの願いを叶えてあげる」

少女が自分の首筋にメスを当てた。

無造作に押しつけられた刃から、艶やかな鮮血が滴り落ちる。

彼女を止めなければ、とヤヒロは思った。どうして自分が、そんなふうに感じたのかはわからない。だが、目の前の少女を死なせたくなかった。

己の死を望むほどの彼女の孤独が、あまりにも哀しく思えたからだ。

「俺は……」

だからヤヒロは、その言葉を口にする。彼女を止めるための新たな約束を。

それを聞いた少女は驚いたように目を瞠り、泣き笑い似た表情を浮かべた。

そして彼女は自らの喉を切り裂き、鮮血がヤヒロに降り注ぐ——

†

全身が、灼けるように熱かった。

細胞の一片一片が、炎で炙られているようだ。

絶え間なく声が漏れ出している。

人の叫び声ではない。

巨大な獣の唸り声。龍の咆吼だ。

だが、それが自分自身の声だということもわかっている。

いや、思い出している。

意識を覆い尽くしていた闇を、眩い炎の輝きが青白く照らし出している。

その炎の源は、血。あの日の彼女が与えてくれた、龍の血だ。

闇が再び勢いを増す。

地の底から再現なく湧き出してくる漆黒の闇。

それは憎悪や怨嗟を超越した、純粋な破壊衝動だった。

大地を割り、文明を滅ぼし、世界の境界すら引き裂き破壊する。

それが漆黒の大地の龍を召喚した巫女の願いだ。

彼女の祈りが龍気となって、器である不死者の肉体へと流れこんでくる。

その衝動が命じるまま、黒い龍人は、巨大な鉤爪を生やした腕を地面に突き立てようとした。

しかし大地に新たな冥界の門が穿たれることはなかった。

心の中で葛藤するように、龍の意思が動きを止める。

脳裏をよぎったのは、白い獣を連れた少女の怒り顔だ。

あの日の彼女とは似ても似つかない、怒りにまかせた感情的な姿——思い出せなかったのは、そのせいだ。

「ハッ……」

龍人(りゅうじん)の口から、呼気が放たれた。

盲目的な破壊衝動が、今も彼の意識を黒く塗りつぶしている。

しかし脳の奥底には、たしかな炎が灯(とも)っていた。

張り巡らされた血管を巡って、その炎が全身に転移していく。

「ハッ……ハハッ……ハハハハハハッ！」

龍人(りゅうじん)は歓喜の笑みを上げた。噛(か)み締(し)めた牙の隙間から、息が漏れる。

龍の本能が、人の魂を押し潰そうと力を増す。

意識が甲高い音を立てて軋(きし)む。

それでも人としての意識が完全に消えることはない。

鳴沢珠依(ナルサワスイ)が召喚する龍気が勢いを増せば増すほど、それに抗(あらが)う炎が溢(あふ)れていく。

その炎は、龍人(りゅうじん)の体内から生まれていたのではなかった。

彼女が呼びかけているのだ。

四年前のあの日と同じように。

思い出す。かつての大殺戮(ジェイノサイド)が、なぜ首都圏を壊滅させただけの不完全な姿で終わったのか。

召喚されたはずの地の龍(スペルビア)は、なぜ消えたのか。

一度は完全な龍と化した鳴沢八尋(ナルサワヤヒロ)が、なぜ人の姿に戻っていたのか——

それはヤヒロが、先に彼女と出会っていたからだ。

珠依(スイ)の血を浴びて龍へと変えられる前に、ヤヒロは彼女とひとつの約束を交わしていた。

そして力を与えられたのだ。

死を遠ざける不死者(ラザルス)の力を——

オオオオォ——————ン！

どこかで獣の遠吠(とおぼ)えが聞こえた。

夜の闇を裂いて、雷光が天へと延びていく。

それを見たとき、今度こそヤヒロは完全に理解した。

彼女が近づいて来ているのだと。

2

猛(たけ)り狂(くる)う黒い龍人(りゅうじん)の姿を撮影していたみやびが、デジタルカメラを止めた。

山瀬は、そんな彼女を怪訝な顔で見る。

「どうした、みやび?」

「わからない。でも、魍獣たちの動きが少し変わった気がする」

「ああ?」

不快そうに眉を寄せて、山瀬が視線を市街地へと向けた。

黒い龍人が地上に穿った冥界門は二十個以上。そこから這い出してきた魍獣は、六百体を超えているだろう。

それらが一斉に市街地を襲ったのだ。いくら横浜が傭兵たちの街といっても、いつまでも防ぎきれるものではない。

実際のところ、魍獣に襲われた人間が魍獣化するかどうかは、周囲の瘴気の濃度に大きく影響される。通常の環境下で、魍獣化が起きる可能性はそれほど高くない。

しかし一方で、瘴気が濃ければ、魍獣化の確率は一気に跳ね上がる。巨大な冥界門が存在する二十三区で、魍獣の出現率が異常に高いのはそのせいだ。

その意味で、現在の横浜は、魍獣化にもっとも適した環境だといえる。

横浜要塞が擁する傭兵の数は十万人以上——

彼らが魍獣に襲われた場合、魍獣化する割合はおそらく二割を超える。つまり二万体以上の魍獣が一夜にして出現するわけだ。

そうやって生まれた新たな魍獣の群れは、横須賀にある米軍基地を皮切りに、日本各地へと広がっていくだろう。そして山瀬とみやびのチャンネルを通じて、その映像は世界中へと配信される。数億、いや、数十億の人間が、魍獣を生み出す龍の姿を目撃するのだ。

新たな龍の巫女を覚醒させる呼び水としては充分だ。

それが統合体が描いた未来予想図であり、その通りに進めるのが山瀬たちが請け負った仕事だった。

だが、順調だったはずのその仕事に、わずかな綻びが生じている。

「どういうことだ？　横浜要塞には、まだ人間が残ってるんだろ？」

「ええ……でも、明らかに銃声は減ってるわ。魍獣の数も増えてない」

みやびが長い髪を揺らして呟いた。

大気を操る風の龍の権能により、彼女は周囲の状況を正確に探ることができる。潜水艦のパッシブソナーと同じように、何キロも離れた場所の音を聞くことができるのだ。

その彼女の言葉が間違っているとは思えない。

山瀬はたまらず舌打ちして、背後にいる白い髪の少女を半眼で見下ろした。

「おいおい、どうなってんだ。話が違うぜ、鳴沢珠依。地の龍の力ってのはこんなものなのか？」

「兄様が抵抗しているのよ」

殊更に無表情を装（よそお）って、珠依（スイ）が答える。

「抵抗？　鳴沢（ナルサワ）八尋（ヤヒロ）の自我が残っているのか？　完全な龍の姿になってないのもそのせいか」

「ええ。本当に世話のやける兄様（にいさま）だわ。これは少しお仕置きが必要かもしれないわね」

怪物化したヤヒロに向かって、珠依（スイ）が手を伸ばす。

次の瞬間、全長五メートル近くに達する龍人（りゅうじん）が、激しい音を立てて倒れこんだ。凄（すさ）まじい重力が彼を襲い、その巨体を大地へとめりこませていく。

珠依（スイ）が、地の龍（スペルビア）自身の権能を使って漆黒の龍人（りゅうじん）を地面に叩（たた）きつけたのだ。巨大な岩に押し潰されるような衝撃に、龍人（りゅうじん）が苦しげに身悶（みもだ）える。

そんなことが可能なのは、巫女（みこ）である珠依（スイ）が、龍人（りゅうじん）の肉体を完全に支配しているからだ。

「えげつねえな」

山瀬（ヤマセ）が嫌悪（けんお）を滲（にじ）ませた口調で言った。

ヤヒロと同じ不死者（ラザルス）である山瀬（ヤマセ）は、龍の器となる側だ。自分の意思で龍の力を制御するならまだしも、巫女（みこ）のいいように操られる龍人（りゅうじん）を見るのはいい気分ではないのだろう。

「大丈夫よ。どんな醜い姿に変わっても、わたしはあなたを見捨てたりしない」

珠依（スイ）はそんな山瀬（ヤマセ）に構わず、地上に倒れ伏した龍人（りゅうじん）へと近づいていく。

そして地面に落ちていたガラス片を拾い上げ、自分の手首を無造作に切り裂いた。横たわる龍人（りゅうじん）の口元へと鮮血の滴（したた）る手首を突き出して、その血を流しこもうとする。

「さあ、兄様（にいさま）。いい子にできたら、ご褒美（ほうび）をあげますよ。お飲みなさいな」

必死で抗（あらが）う龍人（りゅうじん）を酷薄に見下ろし、珠依（スイ）が命じた。

そんな彼女の作り物めいた笑みが、不意に消えた。

凍（い）てついた大気が水飛沫（みずしぶき）となって飛来し、珠依（スイ）は、咄嗟（とっさ）に張り巡らせた障壁でかろうじてそれを退ける。しかし飛（と）び退（の）いた彼女の左手首は、滴（したた）り落（お）ちる血液ごと凍りついていた。

水の龍（アシーディア）の神蝕能（レガリア）【氷瀑（アイスフォール）】だ。

「ちっ、浅かったか――」

西洋剣を構えた制服姿の少年が、倒れた龍人（りゅうじん）の陰から現れる。

冥界門（プルトネイオン）の底に突き落とされたはずのゼンが、地上に舞い戻って珠依（スイ）に奇襲を仕掛けたのだ。

「ゼン！」

「……驚いたな。どうやって脱出してきたんだ？」

放心したように地面にへたりこんでいた澄華（すみか）が目を輝かせて立ち上がり、山瀬（ヤマセ）が顔をしかめてナイフを抜いた。ゼンの冥界門（プルトネイオン）からの生還は、山瀬（ヤマセ）にとってもさすがに予想外だったのだ。

「宙を舞えるのが、自分だけだと思うな！」

珠依（スイ）を庇（かば）うように立ちはだかる山瀬（ヤマセ）に向かって、ゼンが剣を構えて突進する。

その攻撃の速度に、山瀬（ヤマセ）が目を剝（む）いた。暴風に乗って飛翔（ひしょう）する山瀬（ヤマセ）と同等以上――まさしく宙を舞っているとしか思えない圧倒的な加速だ。

「ドウジ！」

「ちっ……！」

みやびが短く悲鳴を上げ、山瀬が乱暴に舌打ちする。

地面に転がる山瀬の右腕は、原形を留めないほどズタズタに弾け飛び、白い蒸気を噴き上げていた。肉が焼ける異臭が周囲に漂い、遅れて伝わってきた激痛に山瀬の頰が歪む。

「水蒸気爆発、か……なるほど、水の龍の権能は、凍らせるだけでなく、温度を上げることもできるってわけだ」

「死に様が酷すぎるので使いたくはなかったが——悪く思うな！」

ゼンが再び剣を構えて飛んだ。

己の背後で水蒸気爆発を起こし、その爆風を利用して数メートルの距離を一気に詰める。

衝撃波の弾丸を放ってゼンを迎撃しようとした山瀬だが、ゼンはその攻撃を水蒸気爆発で相殺した。そして超高温の水蒸気の雲で、山瀬の全身を包みこむ。

「がはっ……！」

一瞬で肺を焼かれて、山瀬が苦悶の息を吐いた。

動きを止めた山瀬の周囲でゼンは次々と水蒸気爆発を引き起こし、山瀬はたまらず後退する。

度重なるダメージに再生が追いつかず、山瀬の全身はすでにボロボロだ。彼が不死者でなければ、とっくに絶命していただろう。

「こいつはエグいな……！　だが、忘れるなよ、相楽(サガラ)！　おまえらの相手は俺じゃねえ！」

「なに……？」

山瀬(ヤマセ)に追撃を仕掛けようとしたゼンが、なにかに押し潰されたように地面に転がった。

自らの体重が数倍になったような重みに耐えきれず、ゼンの骨格がギシギシと軋(きし)む。

「地の龍(スペルビア)……ッ！」

地面に押しつけられたままのゼンの視界に映ったのは、自分を見下ろしている漆黒の怪物だった。珠依(スイ)に操られた龍人(りゅうじん)が、【千引岩(チビキノイワ)】の権能でゼンを押し潰そうとしているのだ。

見えない巨岩を載せられたような衝撃に、ゼンはうめいた。身を守るための障壁ではなく、こうして敵を押し潰すことが地の龍(スペルビア)の権能の本来の使い方なのだろう。

それがわかっていても、ゼンにはどうすることもできない。

人の姿を保ったままのゼンと、完全な龍に近づきつつあるヤヒロでは、神蝕能(レガリア)のパワーに差がありすぎる。

肺を支えていた肋骨(ろっこつ)が砕け、呼吸ができない。頭蓋骨が今にも砕けそうだ。

それでもゼンが意識を保っていられるのは、龍人(りゅうじん)が手を抜いているからだ。

ゼンを潰せという鳴沢珠依(ナルサワスイ)の命令に、ヤヒロが全力で抗(あらが)っている。根拠はないが、ゼンは、たしかにそう感じた。それでも龍人(りゅうじん)化したヤヒロの力は圧倒的で、ゼンの肉体は再生が追いつかない速度で破壊され続けている。

「やめなってのよ！」

純白の霧が、龍人を襲った。

液化した極低温の大気の奔流——だが、それを仕掛けたのはゼンではなく、澄華だった。

水の龍の巫女である澄華は、当然、龍の権能を使うことができる。だが、その威力はゼンには及ばない。不死者ではない彼女の肉体では、神蝕能の反動に耐えられないからだ。

「やめ……ろ……澄華……！」

ゼンが潰れかけた喉で必死に訴える。

だが、そのゼンを救うために、澄華は龍人への攻撃を繰り返していた。

漆黒の鱗に覆われた龍人の体表が、うっすらと白く凍りつく。

しかし龍人はそれを意にも介さない。

鱗を覆う氷を鬱陶しげに払いのけ、深紅の眼差しを澄華に向ける。

生身の澄華が龍人の攻撃を喰らったら、ひとたまりもないだろう。

それがわかっていても、ゼンにはなにもできない。

全身の骨が砕かれて、再生が終わっていないからだ。

漆黒の龍人が腕を振り上げ、それを澄華へと振り下ろす。

だが、不可視の重力塊が澄華を押し潰す寸前、龍人が驚いたように動きを止めた。

戸惑うゼンの耳に聞こえてきたのは、高らかな魍獣の遠吠えだ。

全長七、八メートルにも達する白い魍獣が、地面に穿たれた穴の隙間を縫って走ってくる。

その背中にはフードで顔を隠した少女の姿があった。

時速数十キロで疾走する魍獣の背中に跨がっていながら、彼女に怯えた様子は微塵もない。

まるで自分の姉弟か家族のように、少女は魍獣のことを信頼しているのだ。

やがて冥界門の密集地帯を乗り越えた魍獣は、漆黒の龍人の前に停止した。

純白の魍獣は巨大だが、黒い龍人の威圧感はそれに見劣りしない。

黒曜石のような漆黒の鱗は鋼よりも硬く、不死者の肉体から生み出された身体は、当然、不死身だ。神話や伝承に謳われた怪物、あるいは神そのものに限りなく近い獣。

その龍人を目の前にして、魍獣の背に乗る少女は恐れることなく微笑んだ。

純白の魍獣が、再び夜空に向かって咆吼する。

そして少女も、それを真似して吼える。甲高く澄んだ、人の声で。

「わお――――ん！」

その瞬間、漆黒の龍人は、今度こそ完全に動きを止めた。

3

半龍化したヤヒロを間に挟んで、二人の少女が正面から睨み合う。

一人は華やかなゴシックドレスを着た鳴沢珠依。

もう一人は、ギャルリー・ベリトの制服を着た、魍獣使い——侭奈彩葉だ。

負傷したゼンと澄華、そして山瀬とみやびは、その光景を遠巻きに眺めていた。

珠依と彩葉の間に割って入ろうとする者はいない。

いまだ肉体が回復していないゼンはもちろん、珠依と協力関係にあるはずの山瀬ですら、彩葉を攻撃することはできなかった。

なぜなら彩葉が従えている魍獣は、彼女が跨がる純白の四足獣だけではなかったからだ。

数十体——否、数百体の魍獣が、彩葉を追って次々に彼女の背後に集まってくる。

大型のもの。小型のもの。既存の動物に近い姿のもの。形容しがたい異形のもの。一目で高グレードと知れる大型のものから、人間と大差ない脅威度の低いものまで——

様々な姿の魍獣たちが、彩葉を守るように彼女に付き従っているのだ。

その光景に、戦い慣れた山瀬たちですら圧倒されていた。

「なに……これ……すっご……！」

澄華が呆気にとられたように言う。

「あれが、侭奈彩葉か……」

ゼンは困惑の表情で彩葉を見つめる。彼女が自分の敵か味方か、判断できずにいるのだろう。

「妙翅院迦楼羅と同じ神蝕能……か」

山瀬がナイフを握りしめて、低く呻いた。

三年前。大殺戮直後の混乱が色濃い時期にみやびと出会って不死者の力を手に入れた山瀬は、京都の山中に残る天帝領へと潜入し取材を試みた。大殺戮の真実と、その中で天帝家が果たした役割を知るためだ。

そんな山瀬たちの前に立ちはだかったのが、次期天帝と噂される妙翅院迦楼羅だった。迦楼羅は、天帝家に伝わる〝宝器〟を使い、山瀬たちを退けた。そのとき彼女が使ったのが、今の彩葉が使ったものと同じ――魍獣を操る権能だったのだ。

「みやび……おまえにもあれと同じことができるか？」

山瀬が声を潜めて訊いた。

みやびは迷わず首を振る。

「無理よ。これだけの数の魍獣を従えるのは、たぶん妙翅院迦楼羅でも無理」

「そうか」

山瀬はみやびの意見を素直に受け入れた。

魍獣は基本的に龍の巫女を襲わない。だが、襲われないということと、命令して従えられるかどうかはまったく別の話だ。時間をかけて調教すれば、一体や二体を手懐けることはできるかもしれないが、出会ったばかりの数百体の魍獣を従えることなど、特殊な権能を使わない限り不可能だろう。

一方、珠依に動揺はない。魍獣を操る彩葉の力を、彼女はすでに見ているからだ。

「なんのつもり、わおんちゃん？　今日の配信にゲストを呼んだ覚えはないのだけど……？」

珠依が、配信者としての名前で彩葉を呼んだ。

彩葉は、それを気にする様子もなく不敵に笑い返す。

「心配しないで。用が済んだらすぐに帰るから」

「……用？」

「そう。ヤヒロを返してもらいに来たよ」

「……ッ⁉」

堂々と言い放つ彩葉を睨んで、珠依が瞼を痙攣させた。そして激昂したように言い放つ。

「兄様はあなたのものじゃない！」

「そうだよ。でも、ヤヒロはもうわたしたちの家族だから」

「家族……ですって？」

珠依が呆然と目を見開いた。彩葉は、そんな珠依を見返して、挑発的にうなずいた。

「うん。だからヤヒロには、わたしたちのところに帰ってきてもらわないと」

「……黙りなさい、侭奈彩葉」

「よかったら、珠依さんも一緒に来る？　歓迎するよ」

「黙れって言ってるでしょう！」

感情を爆発させて、珠依が怒鳴った。

彼女が生み出した不可視の巨岩が、彩葉に向けて放たれる。

「お、重っ……！」

「そのまま潰れてろ、不細工な泥棒猫！」

白い魍獣から突き落とされた彩葉が、急激に増していく重力に喘ぐ。

しかし珠依の権能が、彩葉を最後まで押し潰すことはなかった。

彩葉が引き連れてきた魍獣たちが、一斉に珠依に襲いかかったからだ。

「なによ!? なんなの、こいつら!?」

次々に飛びかかってくる魍獣から身を守るために、珠依は彩葉への攻撃を諦め、自らの周囲に障壁を展開した。それでも魍獣たちは怯むことなく、絶え間なく珠依へと押し寄せてくる。

「兄様、助けて！ 助けなさい！」

珠依がたまらずヤヒロに救いを求めた。

彼女の全身から放たれた漆黒の龍気が流れこみ、半龍化したヤヒロは苦悶しながらも彩葉に向かって、巨大な鉤爪を振り上げる。

しかし彩葉は逃げなかった。

それどころか、まるでそれを待ちわびていたかのように自ら前に出る。

破壊衝動に憑かれた龍人の深紅の瞳を見返しながら、彩葉は、目深に被っていたフードごと、ギャルリーの制服であるマウンテンパーカーを脱ぎ捨てた。

制服の下から現れたのは、巫女服をアレンジした露出度高めの配信用衣装だ。

こぼれ落ちた長い銀髪が、月明かりを反射して輝きを放つ。

ウィッグの上に装着した獣耳が、まるで本物のようにピクピクと揺れる。

血なまぐさい戦場に、コスプレ趣味の配信者が一人で紛れこんできたような強烈な違和感。

カメラを回し続けてることも忘れて山瀬は絶句し、ゼンは困惑に眉を寄せた。

みやびは驚いたように目を瞠り、澄華は笑い含みの歓声を上げる。

そんな周囲の視線に構わず、彩葉は爪を立てるようなポーズで掌をヤヒロに向けて、ドヤ顔で再び決め台詞を叫ぶ。

「わおーん！」

魍獣たちの唸り声が満ちる中、なぜか彩葉のその声はやけにくっきりと響き渡った。

彩葉を叩き潰そうとしていた龍人が、彼女の眼前で腕を止める。

珠依の表情が驚愕に歪んだ。

それは、決してあり得ないはずの光景だった。

不完全とはいえ、地の龍として召喚されたはずの龍が、ほかの巫女の呼びかけに応えて攻撃をやめたのだ。

龍人の巨体を覆っていた漆黒の鱗が、血のように赤く輝いた。

鱗の隙間から漏れ出したのは、煮えたぎる熔岩に似た灼熱の炎だ。

その炎はたちまち勢いを増して、龍人の全身を覆い尽くした。

肉体の内側から燃え上がった炎が、龍自身を焼いているのだ。

漆黒の鱗がバラバラと剝がれ落ちる。その内側から現れたのはヤヒロの素顔だった。

怒りと憎悪に染まっていたはずの瞳に、知性の輝きが宿っていた。

空気を読まない彩葉の場違いな服装と行動が、珠依の狂気に支配されたヤヒロを目覚めさせる最後のきっかけになったのだ。

「よしよし。ようやく会えたね、ヤヒロ」

地面に片膝を突いたヤヒロの頬を、彩葉が両手で包みこむ。

ヤヒロは、目覚めた直後のようなぼんやりとした顔で彼女を見た。

「彩葉……か……」

「そうだよ。ふふっ、天使にでも見えた？」

彩葉が得意げな表情で訊き返す。

ヤヒロは一瞬、本気でうなずきかけ、そんな自分に気づいて苦笑した。

「厚かましいやつだな……だけど、助かった……」

「そうでしょ。嬉しい？　嬉しい？」

いまだに龍人化が解けないヤヒロを、彩葉が両腕で抱きしめる。

ヤヒロを覆う漆黒の鱗の隙間からは、血のような深紅の炎が漏れ出したままだ。

だが、その炎が彩葉を焼くことはなかった。やがて炎は彩葉を巻きこんだ形で勢いを増し、二人の姿を完全に包みこむ。

ヤヒロの全身を覆う鱗が、音を立てて地面に降り注いだ。

裂けた龍人の背中から、脱皮する蜥蜴のように新たな肉体が現れる。

深紅に燃える血の鎧――〝血纏〟に包まれたヤヒロの肉体が。

「地の龍の召喚が解けたのか……!?」

炎の中から現れたヤヒロを眺めて、山瀬が啞然としたように息を吐く。

「嘘……兄様……」

珠依が譫言のように呟き、崩れ落ちるようにその場に座りこんだ。

ただでさえ青白い肌から完全に血の気が引いて、精巧な人形のようになってしまっている。

そんな珠依をヤヒロを無表情に見下ろし、そして彼女の背後にいる山瀬に視線を向けた。

「ヤヒロ……！」

「ああ」

彩葉が、運んできた刀をヤヒロに渡す。ヤヒロはすっかり手に馴染んだその刀を受け取って、山瀬とゼン――二人の不死者に笑いかけた。

「さあ、復讐の時間だぜ……！」

獰猛に犬歯を剝き出して、ヤヒロが呟く。

抜き放たれた打刀の刃が、炎を浴びて冷たく輝いた。

4

ヤヒロは刀の柄に手をかけた。

打刀と呼ばれる種類の日本刀。九曜真鋼というのが、その銘だ。平安初期から戦国末期まで、八百年近く生きたといわれる幻の刀工が、蛟の血で鍛えた作品だといわれている。

ヤヒロは、その逸話が真実かどうか知らない。興味もない。重要なのは、この刀が、不死者であるヤヒロの力に耐えられるという事実だけだ。

身構える山瀬たちを睨んで、ヤヒロは刀を抜く。

龍人と化していた間も、ヤヒロは山瀬とゼンたちの会話を聞いていた。自我を失っていたせいで反応することはできなかったが、彼らが交わした言葉はすべて覚えている。

だからヤヒロは、すでに理解していた。

ゼンたちが自分を殺そうとした理由も。そして山瀬たちの目的も。

だが、真っ先にヤヒロたちへと近づいて来たのは、彼らのどちらでもなかった。

「なに考えてんの、あんた⁉」

ヤヒロの隣に立つ彩葉を睨みつけて、清滝澄香が声を荒らげる。

「え⁉　誰⁉」

初対面の少女にいきなり怒鳴りつけられて、彩葉は怯んだように軽く後ずさった。

「いくら龍の巫女だからって、暴走状態の不死者にのこのこ近づいたら危ないでしょうが！　鳴沢八尋が正気に戻らなかったら、あんた死んでたわよ！」

「あ……ああ、それは大丈夫」

「どうしてよ⁉」

「ヤヒロはわたしの大ファンだから」

「はあ⁉」

自信満々に胸を張る彩葉を、澄華がぽかんとした表情で見返した。

澄華が自分のことを心配してくれていたのだと理解して、彩葉はどこか嬉しそうだ。

そんな彩葉を見て、澄華は毒気を抜かれたように表情を緩めた。そして年相応の無邪気な笑顔で笑い出す。

「あっはは……なにそれ。答えになってないっしょ……！」

「え、そうかな？」

心外だ、というふうに彩葉が首を傾げた。澄華はますます愉快そうに身をよじる。

そんな澄華を渋面で眺めていたゼンが、構えていた剣を突然突き出した。

「退け、鳴沢八尋！」

「――相楽……⁉」

凄まじい龍気が迸り、大気が凍る。ヤヒロは弾かれたように振り返って、反射的に彩葉を庇おうとした。

だが、ゼンの攻撃はヤヒロを狙ったものではなかった。

彩葉と澄華の眼前で分厚い氷壁が生み出され、直後に飛来した不可視の弾丸が、その氷壁を粉砕する。風の龍の権能である衝撃波。山瀬道慈の神蝕能だ。

「……ったく、余計な手間を増やしてくれたな」

デジタルカメラをナイフに持ち替えた山瀬が、うんざりしたように首を振った。

それまでの彼にあった余裕が消えて、抜け目なく狡猾な表情が浮かんでいる。おそらくそれが山瀬本来の顔なのだろう。過酷な戦場を渡り歩いてきた人間特有の凄味は、ヤヒロやゼンにはないものだ。

「まあいいさ。要するに侭奈彩葉が地の龍の召喚を邪魔してたってことだろ。だったら、彩葉ちゃんがいなくなっちまえば、予定どおりってことだよなあ……！」

山瀬が無造作にナイフを振った。

発生した無数の衝撃波が、一斉にヤヒロたちへと降り注ぐ。

それを防いだのはゼンだった。地中の水道管に残っていた水を操って、立て続けに水蒸気爆発を起こし、衝撃波の軌道を逸(そ)らしたのだ。

「山瀬道慈(ヤマセドウジ)！　なぜそこまでして統合体(ガンツアイト)の肩を持つ……⁉」

「言っただろうが。不公平なのが気に入らないんだよ」

ゼンの問いかけに、山瀬(ヤマセ)が答えた。

その間も二人の戦いは続いている。しかし、その戦いは圧倒的にゼンが不利だった。

龍人化(りゅうじんか)したヤヒロとの戦いで消耗しきったゼンに対して、山瀬(ヤマセ)はほぼ無傷。しかもゼンには、彩葉(いろは)を庇(かば)いながら戦わなければならないという枷(かせ)がある。

再生を終えた直後だったゼンは再び血まみれとなり、それを見た山瀬(ヤマセ)の攻撃が激しさを増す。

「真実ってのはそこらに転がってるものじゃねえ！　意図してそう見えるように仕組んでる誰かがどこかにいるんだよ！　だったら、俺たちが演出する側に回ってなにが悪い？」

「そんなくだらないことのために、何億もの人間を殺すのか⁉」

絶え間なく巻き起こる爆風の中で、ゼンの叫びが響き渡る。

山瀬(ヤマセ)は、そんなゼンを嘲るように笑った。

「ハッ、真面目だねえ、相楽(サガラ)くんは。もしかして、正義なんてものがこの世界にあると信じちやってるタイプか？」

「なに？」

「この世界に正義なんてもんがあるかよ。大殺戮(ジェノサイド)を経験しといて、まだそれが理解できないのかよ、バーカ。俺以外の人間が何人死のうが知ったことか。どいつもこいつも、真実が自分に牙を剝(む)くまで、自分の見たいものしか見ようとしない俗物どもじゃねえか」

「っ！」

ゼンが突然血を吐いた。血の鎧(ゴア・クラッド)に覆われた彼の皮膚が裂け、そこからも鮮血が溢(あふ)れ出(だ)す。まるで溺れているかのように口を開け、ゼンは苦しげに喉をかきむしった。

ゼンの周囲の気圧が極度に低下している。そのせいで彼の肺胞が破れ、体温ほどの熱で血液が沸騰し始めている。当然、呼吸などできるはずもない。いかに優れた再生能力を持つ不死者(ラザルス)といえども、真空状態で戦い続けることはできないのだ。

「風の龍(イラ)の神蝕能(レガリア)【真空回廊(レディオ・バルブ)】だ。死に様が酷すぎるから、使いたくはなかったんだがな——まあ、お互い様だ。悪く思うな」

山瀬(ヤマセ)が皮肉っぽい口調でゼンに告げた。

そんな山瀬(ヤマセ)の表情が不意に引(ひ)き攣(つ)った。

ゼンの周囲に真空状態を造り出している竜巻状の風の渦が、不意に煌々(こうこう)と燃え上がったのだ。神蝕能(レガリア)を無効化する浄化の炎に焼かれて、山瀬(ヤマセ)の権能が消滅する。気圧が低下していたゼンの周囲に凄(すさ)まじい勢いで大気が流れこみ、ゼンは激しく咳(せ)きこんだ。

血走った瞳でゼンが見上げたのは、炎を纏(まと)った刀を構えるヤヒロだった。

ヤヒロが火の龍(アワリティア)の神蝕能(レガリア)で山瀬(ヤマセ)の権能を焼き切り、ゼンの窮地を救ったのだ。

「おいおい、なんでおまえが相楽を庇うんだ、鳴沢八尋？　なんか勘違いしてないか？　そいつはおまえを殺しに来たんだぜ？」

山瀬が、露骨に不満げな表情でヤヒロを睨んだ。

「勘違いしてるのはあんただよ、山瀬道慈」

ヤヒロは気怠く溜息をつきながら、山瀬の正面に歩み出る。

山瀬が怪訝そうに眉を上げた。

「ああ？」

「俺は相楽には感謝してるんだよ。忘れてた記憶を思い出させてもらったからな」

ヤヒロは無造作に前に出る。

山瀬との距離は約七メートル。ナイフや日本刀の届く距離ではない。

それでも互いの攻撃の間合いには入っている。それを理解した上でヤヒロは静かに告げた。

「おかげで頭がスッキリしたぜ。これで心置きなく珠依を殺せる。邪魔をするなら、あんたも俺の敵だ」

「そいつはわかりやすくていいな。気に入ったぜ、鳴沢八尋。だったら俺が妹ちゃんの味方についても文句はねえよなあ！」

山瀬が圧縮した空気の弾丸を放った。

その不可視の弾丸は爆発的に膨張し、衝撃波となって飛翔する。

ヤヒロはその衝撃波を、自らが生み出した爆炎で迎撃した。

だが、そのときにはすでに山瀬（ヤマセ）はヤヒロの背後に回りこんでいる。音速の衝撃波に匹敵するデタラメなスピードだ。

「がっ……!?」

至近距離から衝撃波を浴びて、ヤヒロの身体（からだ）が浮き上がる。しかし山瀬（ヤマセ）の攻撃はそれだけでは終わらない。自らの拳とナイフに暴風を纏（まと）わせ、密着した状態での衝撃波の連打。ヤヒロが纏（まと）う血の鎧（ゴア・クラッド）が砕け、潰れた肺から鮮血が溢（あふ）れた。

「おまえ……その姿は……」

「ああ、これか」

山瀬（ヤマセ）が、空気の漏れる聞き取りにくい声で言う。

彼が纏（まと）っているのは、ヤヒロやゼンのような血の鎧（ゴア・クラッド）ではなかった。

本来の肉体よりも二倍近く膨れ上がった筋肉の表面を、分厚い鱗（うろこ）がびっしりと覆っている。それどころか彼の骨格自体も変わり始めていた。

それはつい先ほどまでの、龍人化（りゅうじんか）したヤヒロとまったく同じだ。

違っているのは、龍人化（りゅうじんか）した状態でも山瀬（ヤマセ）が理性を保っていることである。

「てめえが自我を失ったのは、龍の力を拒絶しようとしたからだ。抗（あらが）わずに龍気を受け入れ、己の意思で龍に近づけば、不死者（ラザルス）は強大な力を手に入れる。こんなふうにな！」

山瀬の姿が再び消えた。

疾風そのものと化した山瀬の動きがとらえられない。死角から強烈な衝撃波を浴びて、気づいたときには、ヤヒロは背中から地面に叩きつけられていた。

三半規管を破壊されたのか、ヤヒロは起き上がることもできずに呻く。

地面に転がるヤヒロを見下ろし、山瀬が笑った。

「まだ意識があるのか。よく耐えたな……だが、これならどうだ？」

「か……はっ……！」

体内の空気を無理やり吸い出されるような異様な感覚に、ヤヒロは胸をかきむしった。

視界が霞み、意識が遠のく。

そのくせ全身の血管が、煮えたぎる油を流しこまれたように熱い。

「知ってるか？　人間ってのは大気圧が半分になるだけでも、酸素欠乏や高山病であっさり死ぬんだぜ。それは不死者でも変わらねえ。おまえはそこでしばらく死に続けてろ」

嘲るような山瀬の声が、やけに遠くから聞こえてくる。

彼の目的は、彩葉の排除だ。

彩葉が消えれば、ヤヒロは再び珠依の支配下に戻る。そして今度こそ、ヤヒロの龍化を妨げる者はいなくなる。だから山瀬は彼女を殺すつもりなのだろう。

いくら彩葉が龍の巫女といえども、龍人化した今の山瀬なら彼女を殺せる。たとえ魍獣たちを何百体けしかけても、山瀬には傷ひとつ負わせることができないだろう。

だが、それがわかっていても、彩葉の瞳に恐怖はなかった。

「ヤヒロ」

彩葉が強気に笑いながらヤヒロの名前を呼ぶ。

ヤヒロはその声に誘われるように、ゆらりと起き上がった。

龍人化した山瀬はたしかに強い。だが、なぜか恐いと思うことはなかった。

もっと圧倒的に恐ろしい敵を、ヤヒロは知っているからだ。

投刀塚透。雷　龍の加護を受けた、最強の不死者と呼ばれる男——

彼は、今の山瀬よりも間違いなく強かった。

つまり投刀塚と同じ力を使えば、山瀬は倒せるということだ。

出来るか、とヤヒロは自問する。たとえほんの一瞬でも、あの男と同じ力を引き出すことが、自分に出来るか、と。

「出来るよ」

まるでヤヒロの心を読み取ったように、彩葉が唇を動かした。

謎の自信に満ちた、いつもの彼女の声が聞こえた気がした。

立ち上がったヤヒロに気づいて、龍人化した山瀬が振り返る。

気圧を極端に低下させる山瀬の権能は発動したままだ。その影響下でヤヒロが立ち上がったことにはさすがに驚いたようだが、だからといって本気で警戒しているわけではない。

今のヤヒロの状態で、龍人化（りゅうじん）した自分に勝てるはずがないと山瀬（ヤマセ）は確信している。

その確信は間違っていない。いや、間違ってはいなかった。

ヤヒロが投刀塚透（なたづかとおる）と戦い、彼の力を見ていなければ。

山瀬（ヤマセ）の動きは、投刀塚（なたづか）よりも遅い。雷光の速度で動くあの男には及ばない。ならば——

「焼き……切れ……！」

神蝕能（レガリア）を発動する。

山瀬（ヤマセ）が纏（まと）う暴風よりも速く。己の肉体を灼熱（しゃくねつ）の閃光（せんこう）に変えて、ヤヒロは疾（はし）る。

「は？」

山瀬（ヤマセ）の口から間抜けな声が漏れた。

彼の視界から消滅したヤヒロが、山瀬（ヤマセ）の背後へと移動していた。

斬り落とされた山瀬（ヤマセ）の右腕が地面に落ち、異形（いぎょう）へと変わった彼の顔が歪（ゆが）む。

ヤヒロがすれ違いざまに彼を斬ったのだと、果たして山瀬（ヤマセ）は気づいたかどうか——

「なんだ、おまえ⁉　今の動きは……⁉」

振り返った山瀬（ヤマセ）が、ヤヒロに向けて攻撃を放つ。

これまでとは比較にならない爆発的な衝撃波が、彩葉（いろは）を巻きこむ形でヤヒロを襲ってくる。

だが、その山瀬（ヤマセ）の神蝕能（レガリア）は、ヤヒロたちに触れる前に消滅した。

跡形もなく消し飛ばされたのだ。

「龍……だと……なんだ、これは……？」

人の姿を捨てた山瀬が、本能的な恐怖に襲われたように後退する。

彩葉の前に立つヤヒロの全身からは、濃密な龍気が陽炎のように立ち上っていた。

その龍気が、夜空に奇妙な幻像を描き出す。

それは巨大な龍だった。ヤヒロの背後に龍が見える。全長数十メートルにも達する緋色の龍の幻影が、ヤヒロを守護するように浮かんでいるのだ。

「嫌……やめて、兄様……！」

地面にへたりこんだままの珠依が、無力な子どものように弱々しく首を振った。

ゼンと澄華は息を止めて、虚空に浮かぶ龍を呆然と見上げている。

「行くよ、ヤヒロ」

彩葉が囁くようにヤヒロに呼びかけた。

その瞬間、外れていた歯車が嚙み合うように、ヤヒロの中でカチリとなにかが繫がった。

圧倒的な龍の力と、自分自身が一体になったような感覚。それを手に入れた瞬間、ヤヒロは叫んでいた。

「焼き尽くせ、【火 龍】――！」

虚空に浮かぶ龍の幻影が、炎を吐く。

太陽そのものにも似た、灼熱の浄化の炎。それは瞬く間に燃え広がって、半径数キロの範囲を眩い輝きに包みこんだ。爆発の衝撃が大地を揺るがし、炎が夜空を真昼のように照らし出す。

そして炎を撒き散らした龍は、出現したときと同様に、瞬く間に虚空に溶けこみ消滅した。

だが、そのときには地上の様子は一変していた。

ヤヒロが地の龍の力で穿った無数の冥界門が、跡形もなく消滅している。

残ったのは、無惨に焼け焦げた大地だけだ。今もなお熔岩化した地面が赤く輝き、融解してガラス化した岩石が星のような輝きを放っている。

「馬鹿……な……」

熔けた地面の真ん中に立って、山瀬がかすれた声を漏らした。

龍人化していた彼の肉体は、その大半が吹き飛ばされて、元の人間の姿に再生を終えたところだった。彼の下半身にはぼろ切れのような衣服がへばりつき、回復直後の筋肉が白い蒸気を噴き上げている。

「みやび！　なにをやってやがる！　もっと俺に力を寄越せ！」

山瀬が、背後のみやびを怒鳴りつけた。

彼が使っていたナイフは熔け落ちて、もはや武器としては使えない。それでも再び龍人化すれば、強靭な鉤爪で戦うことが出来る。大気を操る神蝕能も使える。そう主張しているのだろう。

しかし、みやびは山瀬の呼びかけに応えず、カメラのレンズを無言で彼に向けただけだった。

「おい、なにを撮ってるんだ？」

山瀬が苛立ったようにみやびを睨む。

みやびはそこでようやく顔を上げた。そして静かに首を振る。

「あなたの負けよ、ドウジ。諦めなさい」

「は⁉　俺があんなガキどもに負けるだと？」

「いいえ、そうじゃない。私たちはとっくに負けていたのよ。真実を暴くと意気ごんでいたあなたが、妙翅院迦楼羅に怯えて逃げたあの日に」

みやびはそう言って、自分の頬にかかる髪をかき上げた。

長い前髪で隠していた彼女の右目――

それは人間のものではなかった。

縦に細い瞳孔と瞬膜を持つ、蛇のような瞳。龍の目だ。

「みやびさん……あなたは……」

ヤヒロは静かに溜息をついた。

不自由なはずの左脚で普通に歩いていた時点で――いや、人間以上の敏捷さでヤヒロの炎をかわした時点で気づいていた。彼女の肉体は、三崎知流花と同じなのだ。

不死者のような再生能力を持たない龍の巫女が、限界を超えて神蝕能を使った結果が、今のみやびの姿なのだ。龍人化した肉体は、もう人には戻らない。

龍人化。

彼女が口にした妙翅院迦楼羅との戦い――

そこで敗北した山瀬を救うために、みやびは龍人化したのだろう。

そして人としての右目と左脚を失ったのだ。

しかしみやびは、そんな自分の姿を恥じることなく堂々と晒して微笑んだ。

「もうやめなさい、ドウジ。同じ日本人の子どもたちを利用して、真実をねじ曲げようとした時点で、私たちはジャーナリストとしての資格を失っていたの」

「みやび……おまえ、なにを……」

山瀬が怯えたようにみやびを見た。

そんな彼の身体から、なにかが抜け落ちていくのをヤヒロは感じた。

神喜多天羽が死んだときと同じだ。龍殺しの〝英雄〟である不死者を殺すのは、〝誓い〟――〝誓い〟は破られたときに〝呪い〟に変わる。

龍の巫女との誓約を裏切ったときに、不死者は不死の力を失うのだ。

「そんなに龍の姿を撮りたいのなら、自分自身の姿を晒せばいいわ。私がそれを手伝ってあげる。もっとも不死者の資格を失ったあなたが、龍の力に耐えられるかどうかは知らないけど」

「やめろ、みやび！　やめろ、やめろおおおおおおおおおおおっ……！」

山瀬(ヤマセ)が恐怖の絶叫を上げた。

なりふり構わず逃げだそうとした山瀬(ヤマセ)だが、何歩も進まないうちに脚をもつれさせて無様に転倒する。みやびから流れこんだ龍気が山瀬(ヤマセ)の肉体を支配し、彼の自由を奪ったのだ。

四(よ)つん這(ば)いになって倒れた山瀬(ヤマセ)の背中が割れる。

そして彼の内側から、新たな肉体が現れる。

龍人(りゅうじん)化したヤヒロとは違う。

龍の器である不死者(ラザルス)。その肉体を喰(く)い破って、新たな怪物が生まれようとしている。それはもはや山瀬(ヤマセ)ではない。山瀬(ヤマセ)の肉体を奪って実体化した、龍そのものだ。

風が、舞った。

東西南北、すべての方角から吹きつけてきた暴風が、龍の口へと吸いこまれていく。

その風を喰(く)らって、龍が成長していく。

山瀬(ヤマセ)の肉体が生み出した龍は、今や仔牛(こうし)ほどの大きさに膨れ上がっていた。

そしてさらに巨大化を続けていく。

その成長がどこまで続くのかわからない。

全長十メートルか、百メートルか、一キロか。四年前に出現した地の龍(スペルビア)に匹敵する巨体に――この街を覆い尽くすほどに至るのか。

ただひとつだけわかっていることは、このまま龍が成長を続ければ、もはや人の手には負えなくなるということだ。その前に、龍を消滅させなければならない。完全に。

「ヤヒロ」

焦りに奥歯を噛み締めるヤヒロを、彩葉が穏やかな声で呼んだ。

無意識に振り返ったヤヒロの全身が、ふわり、と甘い香りに包まれる。

「彩葉？　なにをやってるんだ？」

自分の頰に当たる柔らかな感触に、ヤヒロは戸惑いながら質問した。ヤヒロを正面から抱きしめた彩葉が、ぐりぐりと自分の頰を押しつけてきているのだ。

「なにって、ハグだよ、ハグ」

「は？」

「ロゼたちがいつも言ってるじゃん。わたしたちが仲良くしてたらヤヒロの力が強くなるって。よしよし、よく頑張ったね」

まるで幼い子どもをあやすように、彩葉が頭を撫でる。

これだけ切迫した状況にもかかわらず、あまりにもマイペースな彼女の態度に、ヤヒロは半ば呆れ果てたように嘆息した。

強張っていた筋肉の緊張がほぐれ、恐怖や焦りが薄れていく。

身体の芯から指先まで、神経の一本一本が覚醒していくような感覚がある。

「ぶっ……あっははは。なにそれ、彩葉っち、お仲間にそんなこと言われてんの？」

呆気にとられていた澄華が、たまりかねたように笑い出した。

「そうだよ。こないだだって、そのために珠依さんがヤヒロにキスさせたんだから」

彩葉がなぜか拗ねたような口調で言う。

まだ根に持っているのか、と顔をしかめるヤヒロ。

「へえ、キス？　兄妹で？　あ、血は繋がってないんだっけ？」

澄華が驚いたようにヤヒロを見た。

屈託なく笑う彼女の表情からは、ヤヒロへの敵意はもう読み取れない。

「そっか。じゃあ、あたしもゼンにキスをしてあげよう」

「よせ、こんな人前で」

からかい混じりに顔を近づけてくる澄華を、ゼンが生真面目な態度で突き放す。

「へえ、人前じゃなかったらいいんだ」

澄華が目を大きくして意外そうに言った。

ゼンは無言で彼女から目を逸らした。しかし澄華の言葉を否定はしなかった。

「悪いが、イチャつくのは余所でやってくれ」

邪魔なんだが、とヤヒロがゼンたちに言い放つ。

「おまえにだけは言われたくないぞ、鳴沢八尋！」

ゼンが喰い気味に言い返し、澄華がケラケラと声を立てて笑った。

そんなヤヒロたちの眼前で、大地が爆ぜた。

かつて山瀬道慈だった怪物――風の龍の攻撃だ。

龍の顎から放たれた衝撃波の弾丸は、彩葉を狙って放たれたものだった。

『火の龍アアアアアア……あの女と、同じ力ッ……！』

獣の唸りに近い嗄れた声で山瀬が吼える。

風の龍の全長は、すでに十五メートルを超えていた。

大型のトレーラーに匹敵するその巨体が、暴風に乗って舞い上がる。

だが、その風の龍の頭上で巨大な爆発が起きた。

水の龍の権能――水蒸気爆発。ゼンの神蝕能だ。

爆発の衝撃で風の龍の巨体が地上に落ちる。そして立ち上がろうとした龍の四肢を、凍てついた地面が呑みこんでいく。それはまるで、龍の四肢を縛る氷の鎖のようだ。

『相楽善……！　なんでてめえが鳴沢八尋の味方をする……⁉』

憎悪を露わにして、山瀬が喚く。

今の山瀬に論理的な思考はもう残っていない。わずかに残った知性の欠片をつなぎ合わせ、感情のままに呪詛の言葉を撒き散らしているだけだ。

「どうやら俺は、正義の味方らしいからな。そう言ったのはおまえだろう？」

そんな山瀬（ヤマセ）に、ゼンが冷たく告げた。

『なぜだ……なぜ、おまえらはいつも俺の邪魔をする……！』

風（イラ）の龍が咆吼（ほうこう）とともに爆風を撒（ま）き散（ち）らした。

地面に縫い止められたままのたうつ怪物に、風（イラ）の龍の巫女（みこ）であるみやびがカメラを向けている。龍人（りゅうじん）化した彼女の右目に浮かんでいるのは、山瀬（ヤマセ）に対する哀れみと蔑みだ。

『撮るな……！　俺を撮るんじゃねエエエエエ！』

撮影されることを恐れるように、山瀬（ヤマセ）が身をよじる。

そんな彼を見つめて、みやびは冷ややかに笑った。

「他人の秘密を暴こうとするのなら、自分の秘密を暴かれる覚悟を持ちなさい。それが公平というものよ！」

『黙れエエエエエ！』

風（イラ）の龍が、再び衝撃波を吐こうと口を開く。

しかし、その攻撃が放たれることはなかった。

ヤヒロの放った爆炎が、その前に龍の顎を吹き飛ばしていたからだ。

そして、破壊された龍の肉体の修復が始まらない。龍の器となった山瀬（ヤマセ）が、すでに不死者（ラザルス）の資格を奪われているからだ。

今の山瀬（ヤマセ）は、ただの怪物化しただけの人間だ。そして怪物の核となっているのは、山瀬（ヤマセ）の中に残る〝象徴の宝器(レガリア)〟――結晶化した龍の巫女(みこ)の血だ。

巨大化を続ける風の龍(イラ)の肉体が、炎に焼かれて崩壊を始める。

それに抗(あらが)おうとするように、山瀬(ヤマセ)はより多くの龍気を取りこもうとした。

皮肉にもそのことが〝象徴の宝器(レガリア)〟の在処(ありか)をさらけ出す結果となった。

偽龍(ワーム)化したライマット伯爵と同じ。だが、あのときとは違うことがある。

風の龍(イラ)の龍気がもっとも色濃く集まる場所。そこに龍の核がある。

今のヤヒロには、それが視(み)える。

「焼き切れ、【焔(ほむら)】――！」

灼熱(しゃくねつ)の閃光(せんこう)を刃(やいば)に乗せて、ヤヒロが刀を振り下ろした。

龍の巨体に比べれば、あまりにも細く頼りない、一瞬の攻撃。

だが、その攻撃が引き起こした破壊は劇的だった。

龍の巨体に亀裂が入り、そのあちこちから鮮血のように濃密な龍気が溢(あふ)れ出(だ)す。

十五メートルを超えていた巨体が、大地に倒れ伏し、激しく震えた。断末魔の痙攣(けいれん)だ。

やがて自らの重量に耐えかねたように、龍の肉体が崩壊を始める。

龍気を失った細胞が干からび、灰のように風に乗って吹き散らされていく。

崩壊の連鎖はそれでも止まらない。

ガラスのように透き通る灰の中、最後に残ったのは、老人のように縮んだ山瀬(ヤマセ)の姿だ。

「不公平……すぎるだろ……」

吹きすさぶ木枯らしのような掠(かす)れた声で、山瀬(ヤマセ)が呻(うめ)いた。

「知るかよ」

ヤヒロは哀れむように短く告げる。

山瀬(ヤマセ)は自嘲するようなかすかな笑みを浮かべ、次の瞬間、灰となって完全に消え去った。

5

「――山瀬(ヤマセ)道慈(ドウジ)が、死んだか」

傷だらけの西洋剣(スモールソード)を握ったまま、ゼンがぼそりと呟(つぶや)いた。

自分たちが彼に利用されていたこと。

その結果、敵視していたヤヒロと共闘する羽目になったこと。

そして、自分と同じ不死者(ラザルス)だった山瀬(ヤマセ)が死んだこと。

割り切れない無数の感情が籠もった、静かな声だった。

「どうする、相楽(サガラ)善(ゼン)？　次は俺を殺すか？」

ヤヒロが、ゼンを睨(にら)んで訊(き)いた。

正直に言えば、ヤヒロは、ゼンや澄華(すみか)に恨みはない。

過去の記憶を取り戻した今となっては、彼らが自分を恨むのは、むしろ当然だと思う。

だから、彼らと戦いたくはなかった。殺されてやってもいい、とすら思う。

そんなヤヒロの感傷を邪魔したのは、彩葉の素っ頓狂な声だった。

「相楽って……ああっ！　もしかして絢穂を攫った犯人……！」

彩葉が敵意を剝き出しにして、ゼンたちを睨みつける。

考えてみれば、彩葉はゼンたちとは初対面だ。つまり彼女は相手が誰かもわからないまま、ゼンたちと共闘していたことになる。

そしてゼンたちもそれに気づいたらしい。ゼンは気まずそうに唇を引き結んで目を逸らし、澄華が勢いよく目の前で両手を合わせた。

「えっと……ごめん！　でも、あれには事情があったのよ！」

「はあ⁉　事情って、そんなことで誘拐が許されるとでも――」

彩葉が、眉を吊り上げて澄華に詰め寄ろうとする。

大事な妹が危険に晒されたことで、彩葉の怒りは爆発寸前だ。ヤヒロを殺そうとしたことも含めて、ゼンたちに対する彩葉の心証は最悪である。

しかし彼女が、ゼンたちへの怒りをぶちまけることはなかった。

彩葉の目の前にいたヤヒロの身体が、力尽きたように大きくよろめいたからだ。

「ちょっ……ヤヒロ⁉」

倒れかけたヤヒロを、彩葉（いろは）が慌てて抱き止める。

彼女の体温が、やけに熱く感じる。

それはつまりヤヒロの身体（からだ）が、死体のように冷え切っているということだ。

龍人（りゅうじん）化にくわえて、神蝕能（レガリア）の連発。そしてあまりにも多くの血を流しすぎた。今のヤヒロは死の眠りに陥る寸前なのだ。

だがヤヒロには、その前にやらなければならないことがある。

「……大丈夫だ。それよりも珠依（スイ）はどこだ？」

すっかり地形の変わり果てた公園跡に、ヤヒロは視線を巡らせた。

珠依（スイ）は、今も大殺戮（ジェノサイド）の再現を望んでいる。それが判明した以上、彼女を見逃すわけにはいかない。彼女が再びヤヒロを利用して、地の龍（スペルビア）を召喚しないとは言い切れないからだ。

「彼女なら、ここよ」

長い黒髪の美しい女性が、穏やかな口調でヤヒロを呼んだ。

デジタルカメラを抱いたみやびの足元に、白い髪の少女が倒れている。

横たわる珠依（スイ）に、目立つ外傷は見当たらない。彼女は眠っているだけだ。

それは不死者（ラザルス）の死の眠りに似ていた。

今の珠依（スイ）は生命力を根こそぎ使い果たし、昏睡（こんすい）状態に陥っているのだ。

「みやびさん……」

珠依を庇護するように立っているみやびを、ヤヒロは険しい表情で睨みつけた。

「あまり見ないで……今のわたしの姿を……」

冗談めかした口調で、みやびが言う。

龍人化した彼女の右目は、露わになったままである。そのせいで彼女の美貌が損なわれているとは思わないが、それを本人に直接伝えられるほどヤヒロは器用ではない。

「なんて、勝手なことを言ってるわね。ごめんなさい……」

戸惑うヤヒロを見て、みやびがクスクスと笑った。

憑き物が落ちたような晴れやかな表情だ。

だがそれは、生きる気力を失ったような捨て鉢な雰囲気でもある。珠依を殺すなら、一緒に自分も殺せ——今にもそんなことを言い出しそうな危うさを感じる。

「珠依を渡してもらえますか？」

ヤヒロが硬い口調でみやびに訊く。

その質問の答えは、意外な方角から聞こえてきた。

「それはできない」

「——っ⁉」

厳かに響く男の声に、ヤヒロは反射的に身構えた。ゼンも同じように剣を握り直している。

無防備に姿を晒したまま、暗闇の中から歩み出てきたのは、スーツを着た長身の黒人男性だ。

「オーギュスト・ネイサン……！」

ヤヒロが彼の名前を呼んだ。

ネイサンは統合体(ガンツアイト)の代理人(エージェント)であり、珠依(スイ)の護衛だ。

彼がこの場に現れた以上、容易(たやす)く珠依(スイ)を殺すのは恐らく不可能だろう。

最悪、この場で彼と戦うことになる。

しかしヤヒロはネイサンの能力を知らない。

消耗した今の自分に、彼を倒せるという保証もない。

「山瀬道慈(ヤマセドウジ)を殺したか。どうやら八卦(はっけ)には到達したようだな」

殺気立つヤヒロとは対照的に、淡々とした口調でネイサンが呟(つぶや)いた。

「八卦(はっけ)だと？」

ネイサンの言葉に反応したのは、ゼンだった。

「同じような言葉を山瀬(ヤマセ)も言っていた。八卦(はっけ)とは、なんだ？」

「易(えき)に太極(たいきょく)あり。これ両儀(りょうぎ)を生じ、両儀(りょうぎ)は四象(ししょう)を生じ、四象(ししょう)は八卦(はっけ)を生ず——すべての神蝕能(レガリア)は、極めれば世界そのものを自在に操れる。その最初の一歩ということだ」

詩を詠(よ)むような口調で、ネイサンが答える。

ゼンは戸惑いの表情を浮かべて沈黙した。ネイサンの言葉を完全に理解したわけではないのだろうが、なにか思い当たることがあったらしい。それはおそらくヤヒロが生み出した、龍の幻影と無関係ではないはずだ。

「珠依(スイ)を渡せ、ネイサン」

統合体(ガンツァイト)の代理人(エージェント)を睨(にら)んで、ヤヒロが言う。

ネイサンは、珠依(スイ)を庇(かば)うように立って首を振った。

「悪いが、今はまだ彼女を殺させるわけにはいかない。地の龍(スペルビア)の神蝕能(レガリア)には、まだ用があるからな」

「だったら――」

「だから、我々はギャルリー・ベリトに投降しよう」

攻撃を仕掛けようとしたヤヒロの機先を制して、ネイサンが言った。

一瞬、なにを言われたのかわからず、ヤヒロは硬直する。

「投降……？　降伏するってこと？」

彩葉(いろは)が首を傾(かし)げて訊(き)いた。ネイサンはうなずき、言葉を続ける。

「そうだ。そして鳴沢珠依(ナルサワスイ)を捕虜として、人道的に処遇することを要求する」

「なんだ、それは……」

ヤヒロが怒りに声を震わせた。

珠依(スイ)の危険性を知るヤヒロにとって、ネイサンの要求は、あまりにも一方的で理不尽だ。とても受け入れられる条件ではない。

しかし彩葉は、あっさりとネイサンの主張を認めた。

「わかったわ。約束ね」

「彩葉！」

「だって、逃げないって言ってくれてるんだよ？　聞きたいこともたくさんあるし、ちょうどよかったよ。それとも今からネイサンさんと戦う？　勝てる？」

理詰めで彩葉にまくし立てられて、ヤヒロは返す言葉を失った。

ヤヒロの感情的な問題を別にすれば、ネイサンの申し出にはメリットが多い。

いまだ得体の知れないネイサンと戦うことなく、確実に珠依を捕虜にできるのだ。むしろ都合が良すぎて、罠ではないかと疑いたくなるほどだ。

「待て、侭奈彩葉。生かしておくには、鳴沢珠依は危険すぎる」

ゼンが慌てて彩葉の決定に異を唱える。

「そうだよ。なに勝手に決めてんの。あたしたちはそいつを見逃すつもりなんてないからね」

澄華もゼンの言葉に同意した。

ゼンたちがなによりも警戒しているのは、珠依が再び大殺戮を引き起こすことだ。そんな彼らにしてみれば、珠依を生かしたままヤヒロの傍に置いておくことなど、到底認められるものではないだろう。

「……あんたの目的はなんなんだ、ネイサン？　統合体のエージェントがなにを企んでいる？」

ヤヒロがネイサンを睨(にら)んで訊(き)く。そもそも山瀬(ヤマセ)たちを利用して、珠依(スイ)をヤヒロと接触させたのが統合体(ガンツアイト)なのだ。そんな統合体(ガンツアイト)の代理人(エージエント)である彼が、大人しく珠依(スイ)を引き渡すとは思えない。

しかしネイサンの答えは、ヤヒロたちにとって意外なものだった。

「鳴沢珠依(ナルサワスイ)を救うのは統合体(ガンツアイト)とは関係ない。天帝家の意志だ」

「なに？」

「天帝……家？」

ヤヒロと彩葉(いろは)が、それぞれ間の抜けた声を出す。

なぜこんなところで突然、天帝家の名前が出てくるのかわからない。

だが冷静になって考えれば、あり得る話だとヤヒロは思い直す。日本独立評議会の神喜多天羽(カミキタアマハ)を殺すために、投刀塚透(なたづかとおる)を送りこんできたのは天帝家だと聞いていたからだ。

天帝家は、不死者(ラザルス)の存在を知っているのだ。

「そうだ、侭奈彩葉(ままないろは)——いや、クシナダ。黄泉(よみ)の女王よ」

ネイサンが、ヤヒロではなく彩葉(いろは)を見つめて言う。

「は……はい？」

「俺は天帝家の勅命で動いている。天帝家は統合体(ガンツアイト)の一員だが、次期天帝候補である妙翅院(みょうじいん)迦楼羅(かるら)の目的は別だ。彼女は、鳴沢珠依(ナルサワスイ)の能力が必要だと考えている」

「……迦楼羅さんの目的って、なに？」

彩葉が困惑混じりにネイサンに訊いた。

ネイサンが楽しそうに目を細めた。

「復讐——だよ。いや、逆襲というべきかな」

「え？」

「魍獣へと変えられた日本人すべてを人の姿へと戻し、そして奪われたこの国を取り戻す。それが統合体と、この世界への復讐だ」

ネイサンの言葉は荒唐無稽で、だからこそ奇妙な真実味があった。

ヤヒロは彼を攻撃するのも忘れ、言葉もなく呆然と立ち尽くしていた。

終幕 Epilogue

横浜要塞（よこはまようさい）地下の車両基地で、灰色の鋼板に覆われた列車が、最後の点検を行っていた。

ギャルリー・ベリト所有の装甲列車〝揺光星（ヤオクアンシン）〟である。

十六両編成の車両の多くに対魍獣（たいもうじゅう）用の重火器が設置され、複数の無人攻撃機や装甲戦闘車両（AFV）も積みこまれている。一個小隊の戦闘員（オペレーター）を乗せて、無補給で最大二週間程度の作戦行動が可能。まさに地上を走る要塞と呼ぶべき代物（しろもの）だ。

その装甲列車が、出発の準備を進めている。

目的地は、かつて京都（きょうと）と呼ばれていた都市だった。

京都（きょうと）市の北の山中に、天帝家が治める土地がある。

そこだけは他国の軍隊に侵入されることなく、今も日本国としての自治独立を保っているのだ。魍獣（もうじゅう）と〝象徴の宝器（レガリア）〟に守られているからだ。

次期天帝候補である妙翅院迦楼羅（みょうじいんかるら）という女性が、その土地で日本再興を企てて動いている。

同盟相手である統合体（ガンツアイト）すら出し抜いて——

それがオーギュスト・ネイサンによってもたらされた情報だった。

その情報を手に入れてすぐに、ジュリたちギャルリー・ベリトは、京都に行くことを即断した。情報の真偽を確かめるためである。

魍獣化した日本人を本当に人間に戻すことができるのなら、ヤヒロたちには、迦楼羅に協力しないという選択肢はない。

兵器商であるギャルリーにとっても、天帝家との繋がりを得るのは魅力的だ。

もしも日本という国家が復活した場合、世界各国に分割統治された領土を取り戻すために、必ず大量の武器が必要になるからだ。

それに加えて、山瀬道慈によって拡散された彩葉の素性の問題も残っている。

前回の戦闘で大きな被害を受けたギャルリーの基地では、次の襲撃を受けたときに、彩葉を守り切れない可能性が高い。そこで基地の修復が終わるまでは、彩葉を横浜の外に連れ出したほうがいいという話になった。今回の京都行きは、その意味でもいいタイミングだったのだ。

「――ねえ。やっぱり二人も乗ってかない？」

その彩葉が、車両基地のホームで、ゼンと澄華に呼びかける。

横浜の魍獣大量発生が起きてから、すでに三日が経っていた。それはつまりヤヒロとゼンたちの戦いが決着して、同じだけの日数が経ったということだ。

その間、ゼンと澄華は、客分としてギャルリー・ベリトに滞在していた。

捕虜となったネイサンの尋問に立ち会うためである。同じ日本人であるゼンたちにとっても、妙翅院迦楼羅の日本復興計画は他人事ではなかったからだ。

しかし一緒に京都に行こうという彩葉の誘いに、二人は乗ってこなかった。

「鉄道旅行かー……ちょっと気になるけどねー」

灰色の装甲列車を未練がましく眺めて、澄華が言う。

「申し出はありがたいが、遠慮しておく。舞坂みやびの足取りが気になるからな」

ゼンが相変わらずの生真面目な口調で言った。

自主的にギャルリーの捕虜になった珠依とネイサンを、ヤヒロたちが見張っている間に、風の龍の巫女である舞坂みやびはいつの間にか姿を消していた。不死者である山瀬道慈を失ったことで、危険性が低いと油断した隙を衝かれたのだ。

山瀬が死んでも、みやび自身は龍の巫女としての力を失っていない。

しかも彼女は、龍人化したヤヒロが冥界門を穿ち、魍獣たちを喚び出す様子を収めた動画データを持っている。

今のところその映像が配信サイトにアップロードされた気配はないが、だからといって彼女を放置しておくわけにもいかない。そこでゼンたちは京都に行く前に、みやびを捕らえることにしたらしい。

「そっかー……絢穂を助けてくれたお礼をしたかったんだけどな」

彩葉が心底残念そうに溜息をついた。

ゼンたちが絢穂を誘拐したのは事実だが、その前に彼らはファフニール兵を撃退して絢穂を救っている。それを絢穂本人の口から聞かされて、二人に対する彩葉の心証は大きく改善していた。ようやく出会えた同世代の日本人ということもあり、澄華には特に懐いているようだ。

一方、ヤヒロとゼンの関係性は、いまだ微妙な距離感を残したままである。

「本当に、俺を殺さなくてよかったのか？」

ヤヒロが真顔でゼンに尋ねる。

ゼンは西洋剣を背負ったまま。一方のヤヒロは丸腰だ。しかしゼンが、ヤヒロに敵意を見せることはなかった。

「優先順位の問題だ」

まるで自分に言い聞かせているような、説明的な口調でゼンが答える。

「おまえの罪を許したわけじゃない。だが、あの男の言葉が事実かどうか確認するのが先だ」

「ネイサンか……」

ヤヒロが溜息のような声で呟いた。

鳴沢珠依はギャルリーの捕虜となって以来、一度も目覚めることなく眠り続けている。

ネイサンの話では、珠依が周期的な昏睡状態になることは、以前から確認されていたらしい。

その眠りは短くて数日。長ければ数カ月以上も続くという。

珠依がその休眠期に入ったことで、ネイサンは、ヤヒロたちに迦楼羅の計画を明かすことが出来たのだ。

そのネイサンは、装甲列車の中に一室を与えられ、京都に同行することになっている。

もちろん監視はついているが、行動を制限されているわけではない。地の龍の権能を操る彼を、監禁しておくことなど不可能だからだ。

「魍獣の正体が日本人だったとして、本当に全員を生き返らせることができると思うか？」

ゼンがヤヒロを見つめて訊いた。

さあな、とヤヒロは肩をすくめた。

魍獣に傷つけられた人間が魍獣に変わるというのなら、同じように魍獣を人間に戻す方法があってもおかしくはない。だが、確実にそれができるという保証もない。

「ただ、もしネイサンの話が本当なら、珠依を殺すわけにいかないというのは筋が通ってるな」

「……そうだな」

ヤヒロの言葉に、ゼンも渋々と同意した。

魍獣化した日本人たちの多くは、冥界と呼ばれる異空間に閉じこめられているという。

その冥界に通じる通路を開くことができるのは、地の龍の巫女である珠依だけだ。妙翅院迦楼羅の計画に、珠依の存在は不可欠なのである。

「だから、それまでは生かしておく必要があると判断した。おまえのことも、鳴沢珠依も。だが、もしもおまえが再び龍に変わるようなことがあったら、そのときは——」

「ふっふっふ、安心して。ヤヒロのことは、わたしがちゃんと面倒見るから！」

ゼンの発言を途中で遮って、彩葉が強気に胸を張った。

謎の自信に満ちた彩葉を見返し、ゼンが初めて不安げな表情を浮かべる。

「……信用していいのか、彼女のことは」

「いや、俺に訊くなよ。そんなこと」

ゼンが声を潜めてヤヒロに問いかけ、ヤヒロは決まり悪げに目を逸らした。

彩葉が納得いかない、というふうに眉を吊り上げる。

「え、なんで疑われてるの？　わたし、今回すごく頑張ったと思うんだけど……!?」

「あっはっは。そうだよね」

澄華が声を上げて楽しそうに笑った。

そして彼女はヤヒロに密着し、ぐりぐりと肘を押し当ててくる。それを見た彩葉がかすかに頰を引き攣らせるが、おそらく澄華はそうなることがわかってやっているのだろう。

「身体を張ってあんたを助けてくれたんだよ。いい彼女じゃん。大事にしてあげなよ」

「彩葉は俺の彼女じゃない」

ヤヒロがムッとした顔で、澄華の言葉を訂正する。

えー、と不服そうな表情を浮かべる澄華(すみか)。

「なにそれ。あ……もしかして、あんた、自分が大殺戮(ジェノサイド)の関係者だから、人を好きになる資格がないとか思ってない？」

「え、そうなの⁉　そんなこと思ってたの？」

彩葉(いろは)がびっくりしたように目を瞠(みは)った。なぜか少し怒っているように見えるのは、いつまでも自責の念に囚(とら)われているヤヒロに呆(あき)れているのかもしれない。

しかしヤヒロは、うんざりしたように息を吐く。

「思ってるもなにも、実際そうだろう。おまえらだって俺を殺したかったんじゃないのか？」

「それはそれ、これはこれっしょ」

澄華(すみか)が、ヤヒロの質問に無責任な言葉を返す。

「どういう理屈だよ……」

ヤヒロは困惑しながら、ようやくそれだけを言い返した。

たとえゼンや澄華(すみか)がヤヒロを許しても、ヤヒロは自分自身を許せない。

あの日、ヤヒロが珠依(スイ)を殺せなかったせいで、何千万人という人間が死んだのだ。

たとえ彼らの何割かが魍獣(もうじゅう)となって生き延びていたとしても、それで自分の罪が許されるわけではない、とヤヒロは思う。

だが、そんなヤヒロを見つめて、彩葉(いろは)が告げた。

「わたしは、許すよ」

「は？」

「ヤヒロが自分を許せなくても、わたしがヤヒロを許してあげる……約束、したしね」

彩葉(いろは)が、右手の小指を立てて微笑(ほほえ)んだ。

そんな彼女の表情が、包帯まみれの痩せた少女の面影と重なる。

彩葉(いろは)には、幼いころの記憶がないという。親兄弟の顔も知らず、大殺戮(ジェイノサイド)が起きるまで、とある施設で暮らしていたのだと。

その施設を——研究所のことを、おそらくヤヒロは知っている。

なぜならそこには、珠依(スイ)が通っていたからだ。

そこでヤヒロは珠依(スイ)に刺され、そして彼女と出会ったのだ。

「おまえは、覚えてないのか……？」

「え、なに？　なんのこと？」

彩葉(いろは)がきょとんと首を傾(かし)げる。本気でなにを言われているのかわからない、という表情だ。

「いや、いいんだ。なんでもない」

ヤヒロは首を振ってかすかに苦笑した。

彩葉(いろは)が覚えていても忘れていても関係ないことだ。

あの日のヤヒロも、再会してからも、彼女とは同じ約束をしたのだから。

俺は、きみを殺さない。一人が嫌なら、そばにいる――と

「あれー……アクリーナだ。どうしたの？」

一瞬、過去の記憶にとらわれていたヤヒロは、背後から聞こえてきたジュリの声で我に返る。揺光星が停まっているホームの柱の陰に、連合会の制服を着たアクリーナ・ジャロヴァが立っていた。それを目敏く見つけたジュリが彼女に話しかけたのだ。

「わざわざ見送りに来たのですか。律儀なところがありますね」

ロゼが皮肉っぽい口調で言う。

「連合会の幹部として、傘下企業の出入りを監督するのは当然の義務だろう。べつにおまえたちを特別扱いしているわけじゃない」

アクリーナが、言い訳がましい口調で答えた。

そして彼女はコホンと咳払いし、頬を赤らめながら彩葉に向き直る。

「だが、いちおう礼は言っておく。今回の魍獣の襲撃があの程度の被害で収まったのは、きみのおかげだ、侭奈彩葉。感謝する」

「あ、いえ。わたしはべつに。あの子たちが素直に言うことを聞いてくれただけなんで」

彩葉が珍しく謙遜して言った。

　横浜を襲撃した数百体の魍獣(もうじゅう)の群れは、彩葉(いろは)の命令で、冥界門(プルトネイオン)の中へと戻っていった。ヤヒロが喚(よ)び出した龍の炎で焼かれたあとも、いくつか消え残った冥界門(プルトネイオン)が残っていたからだ。

　結果的に横浜は、彩葉(いろは)一人に救われたことになる。

「あの子たち、か……」

　アクリーナが複雑な表情で呟(つぶや)いた。

　歴戦の傭兵(ようへい)たちですら恐れる魍獣(もうじゅう)を、まるで人懐(ひとなつ)こい愛玩動物のように呼ぶ――その異常性を彩葉(いろは)は自覚していない。その危うさにアクリーナは気づいたのだ。

「だが、今回の事件で、魍獣(もうじゅう)たちの正体が人間だったことが広く知れ渡った。その魍獣(もうじゅう)たちを統率できる者の存在もな。ゆめゆめそれを忘れないことだ」

「あー……はい。大丈夫です。変装の準備もばっちりだし。ほら」

　そう言って彩葉(いろは)は上着のポケットから、度の入っていないメガネを取り出した。そして得意げに胸を張る。変装とすら呼べないバレバレのイメチェンだが、なぜか彩葉(いろは)は、これで気づかれないと本気で信じているらしい。

　アクリーナは今度こそはっきりと渋面を作ってヤヒロを見た。

　きみも大変だな、と彼女の目が、同情するように語りかけてくる。

　ふと見れば、ゼンもまったくアクリーナと同じ表情を浮かべていた。澄華(すみか)だけが、腹を抱えて笑い続けている。

「出発の準備が出来たようですね」

装甲列車の貨物ハッチが閉まるのを確認して、ロゼが言った。

「じゃあね、アクリーナ。見送りご苦労様」

「だから見送りに来たわけではないと言っているだろう！」

ジュリに馴(な)れ馴(な)れしく呼びかけられて、アクリーナが反論する。

ふと気づけば、ゼンと澄華(すみか)の姿は消えていた。

彼らも最終的に京都に向かうことになっているから、いずれ再会することになるはずだ。

そのとき彼らが、ヤヒロたちの敵になるか味方になるかは、今はまだわからないが——

「行こ、ヤヒロ」

自分の腕をヤヒロの腕に搦(から)めて、彩葉(いろは)が言った。

「ああ」

ヤヒロは彼女に引きずられるようにして、列車に乗りこむ。

歩きづらいと思いながらも、なぜか最後まで彩葉(いろは)の腕を振(ふ)り解(ほど)く気にはなれなかった。

†

灰色の装甲列車が、重々しい音を立てて走り出す。

彩葉の弟妹たちは互いに肩を寄せ合って、装甲列車特有の狭い窓から外の景色を眺めていた。京都に向かうヤヒロたちに、彼らも同行することになったのだ。

そんな弟妹たちの楽しそうな笑い声を、絢穂は狭い寝台の中で訊いていた。

彩葉たちには、少し疲れたから眠ると言ってある。

だが、目を閉じても眠気を感じることはなかった。

思い出すのは、横浜を魍獣たちが襲った夜のこと。

誘拐された自分を助けに来てくれたヤヒロが、龍人化して苦しんでいるときも、絢穂はなにもできなかった。アクリーナが乗ってきた装甲車の中で震えていただけだ。

だが、その絶望的な時間は、彩葉が現れたことで一変する。

ヌエマルに跨がって登場した彩葉は、ヤヒロを人の姿に戻し、彼を操っていた鳴沢珠依とも堂々と渡り合っていた。

そして横浜に溢れ出した魍獣たちを冥界へと送り返し、冥界門の後始末をしたのだ。

その間、絢穂はなにも出来なかった。

戦いを終える直前、抱き合うヤヒロと彩葉の姿を遠くから眺めていただけだ。

ヤヒロは絢穂を助けに来てくれたのに。

彼の隣にいるのは、本当は自分のはずだったのに。

もしも自分に彩葉と同じ力があれば、なにかが変わったのだろうか。

龍の巫女の力が、自分にあれば——

「……え？」

ドクン、となにかが脈打つのを感じて、絢穂は目を開けた。

驚いて上体を起こして、それを見る。

脈動の正体は、宝玉を思わせる深紅の石だ。

ヤヒロから預かって、入れ物を作ると約束した。

その小さな石が、震えている。

ドクン、ドクンと。

まるで胸の中心で脈打つ心臓のように。

「なに……これ……？」

絢穂は呆然と呟いた。

恐ろしく、不気味だと思った。

だが、それ以上に、絢穂はその美しさに目を奪われた。

その深紅の塊と共鳴して、自分の心の奥底で——存在の根源的な部分でなにかが震える。

その石が、〝宝器〟と呼ばれていることを、絢穂は知らない。

ただ深紅の輝きに魅入られたように、その石を握りしめ、そして胸元に抱きしめる。

どこかで、巨大な獣の咆吼が聞こえた気がした。

そんな絢穂(あやほ)と〝宝器(レガリア)〟を乗せたまま、灰色の装甲列車は廃墟(はいきょ)の街を抜け、西へと加速していくのだった。

あとがき

二巻巻末の次回予告に、三巻は二〇二二年の春に出るよ、と書かれていたような気がしたのですが、この巻が出たのが六月……ということで。六月は春……ではない、ですね。

刊行が遅れたのは別シリーズとの兼ね合いのような外部的な要因もあったりしたのですが、楽しみに待っていてくださった読者の皆様には、本当に申し訳ありませんでした。

まあ、それを言ったら前の巻からこの巻が出るまで半年かかってるのが、そもそも問題なんですよね。大人になると半年なんてあっという間に過ぎ去るような錯覚に陥ってしまいがちですが、実際にはそんなことはないわけで。私自身、大好きな作品の続きが待ちきれない、という気持ちは何度も体験しているので、続刊は少しでも早く送り出したい。もっと改善しないとなあと今回ばかりは痛感しました。反省してます！

そんなわけで『虚ろなるレガリア』第三巻をお届けしております。

サブタイトルの「All Hell Breaks Loose」は、「大混乱に陥る」「大騒動になる」という意味の慣用句ですが、今回は直訳である「地獄が一度に解き放たれる」というニュアンスで使っています。本編を読んでくださった方には、その理由がすでにおわかりかと。

本巻の内容に関して言うと、今回は謎解き編でした。統合体と呼ばれる組織の目的や、妙翅院迦楼羅と天帝家の立ち位置、そしてヤヒロと珠依の過去などの謎の多くが一気に解き明かされているのではないかと思います。

一方で、そちらに尺を喰われてしまったせいで日常パートがちょっと少なめ。特にヤヒロと彩葉のからみをあまり描けなかったのが心残りでした。そのぶんべつの子が頑張っていたりもするのですが、それはそれで不穏な感じだし。

実際、『虚ろなるレガリア』に関しては、毎回ほっとくと無限に増殖していくページ数をいかに減らすかで毎回苦労しています。掘り下げたいキャラクターもまだまだ多いし、書きたいエピソードも多すぎるので。

刊行ペースの改善と合わせて、このあたりはなんとかしたいですね。ともあれ、ひとまずはラブコメ成分が不足しててつらいので、番外篇とかで補完できたらいいなあと思っております。

イラストを担当してくださった深遊さま、今回も本作の世界観とキャラクターを魅力的に描き出していただき、本当にありがとうございます。新キャラのデザインもみんな最高でした！

本書の制作、流通に関わってくださった皆様にも、心からお礼を申し上げます。

もちろん、この本を読んでくださった皆様にも精一杯の感謝を。

それではどうか、また次巻でお目にかかれますように。

三雲岳斗

04

Where Angels Fear To Tread

虚(うつ)ろなるレガリア

THE HOLLOW REGALIA

2022 AUTUMN

舞坂みやび

Miyabi Maisaka

年齢	26	誕生日	10/15
身長	164cm		

風の龍イラの巫女。ジャーナリスト志望で、大殺戮が起きる前は報道番組のキャスターとして活躍していた。大学のミスコンでグランプリの経験もある才色兼備の女性だが、現在は負傷のために杖をついており、常に右目を隠している。

山瀬道慈

Douzi Yamase

年齢	28	誕生日	6/2
身長	168cm		

みやびと契約した不死者の男。ヤマドー名義で様々な企業や団体の問題を暴露する配信を行っている。本業は報道カメラマン。真実を伝えるためなら手段を選ばないという考えを持っており、それはやがて真実すらねじ曲げる方向へと進んでいく。

CONFIDENTIAL

清滝澄華

Sumika Kiyotaki

年齢	18	誕生日	5/9
身長	158cm		

水の龍アシーディアの巫女。前向きで明るく、現実的な性格。龍の巫女の能力を自覚するのが遅く、大殺戮後二年間ほどは普通の人間として娼館に身を寄せていた。四年前に出現した地の龍の目撃者であり、鳴沢兄妹に対して激しい怒りを抱いている。

相楽善

Zen Sagara

年齢	17	誕生日	11/21
身長	180cm		

澄華と契約した不死者の青年。正義感が強く実直な性格だが、頭が固く融通が利かない一面も。大殺戮発生当時は海外の名門寄宿学校に通っており、日本に帰国する際に過酷な体験をしている。幼いころからフェンシングを学んでおり、将来の日本代表候補といわれていた。

CONFIDENTIAL

アンドレア・ベリト

Andrea Berith

年齢	29	誕生日	4/28
身長	179cm		

ギャルリー・ベリト・オセアニア支部の執行役員。戸籍上はジュリやロゼの兄にあたる。指揮官型として調整された強化人間だが、情緒の安定性に問題がある。自尊心の高い白人至上主義者で、東洋人の女性でありながら、自分よりも優れた能力を持つジュリたちを憎んでいる。

エンリケッタ・ベリト

Enriqueta Berith

年齢	16	誕生日	6/13
身長	157cm		

ジュリやロゼと同じクローン胚から造られた強化人間。便宜上、彼女たちの妹と呼ばれている。戦闘能力に特化した個体で、近接戦闘能力ではジュリたちを上回る。一方で思考力や状況判断能力に大きく劣り、失敗作としてアンドレアの護衛に回されていた。

GALERIE BERITH

子供たち

魍獣が徘徊する二十三区の小石川後楽園で、彩葉が保護して共同生活を送っていた子供たち。現在はギャルリー・ベリトの保護下にある。

おまけコミック

絢穂を誘拐だなんて許せない!!
ぷんすこー
ごめんってー
その前に助けてくれたんだよ
いろはちゃん
スッ
すまない
これは詫びのしるしだ
NYAN
善の手作りクッキー(ネコ型)
かわいい
かわいい
和解した

◉三雲岳斗著作リスト

「コールド・ゲヘナ①〜④」(電撃文庫)
「コールド・ゲヘナ　あんぷらぐど」(同)
「レベリオン1〜5」(同)
「i．d．Ⅰ〜Ⅲ」(同)
「道士さまといっしょ」(同)
「道士さまにおねがい」(同)
「アスラクライン①〜⑭」(同)
「ストライク・ザ・ブラッド1〜22　APPEND1〜3」(同)
「サイハテの聖衣(シュラウド)1〜2」(同)
「虚ろなるレガリア　1〜3」(同)

「M.G.H　楽園の鏡像」（単行本　徳間書店刊）
「聖遺の天使」（単行本　双葉社刊）
「カーマロカ」（同）
「幻視ロマネスク」（同）
「煉獄の鬼王」（双葉文庫）
「海底密室」（デュアル文庫）
「ワイヤレスハート・チャイルド」（同）
「アース・リバース」（スニーカー文庫）
「ランブルフィッシュ①〜⑩」（同）
「ランブルフィッシュ　あんぷらぐど」（同）
「ダンタリアンの書架1〜8」（同）
「旧宮殿にて」（単行本　光文社刊）
「少女ノイズ」（同）
「少女ノイズ」（光文社文庫）
「絶対可憐チルドレン・THE NOVELS」（ガガガ文庫）
「幻獣坐1〜2」（講談社ノベルズ）
「忘られのリメメント」（単行本　早川書房刊）
「アヤカシ・ヴァリエイション」（LINE文庫）

本書に対するご意見、ご感想をお寄せください。

ファンレターあて先
〒102-8177　東京都千代田区富士見2-13-3
電撃文庫編集部
「三雲岳斗先生」係
「深遊先生」係

本書は書き下ろしです。

電撃文庫

虚(うつ)ろなるレガリア3

All Hell Breaks Loose

三雲岳斗(みくもがくと)

◇◇◇

2022年6月10日　初版発行

発行者　青柳昌行
発行　株式会社KADOKAWA
〒102-8177　東京都千代田区富士見2-13-3
0570-002-301（ナビダイヤル）
装丁者　荻窪裕司（META＋MANIERA）
印刷　株式会社暁印刷
製本　株式会社暁印刷

ISBN978-4-04-914282-2　C0193　Printed in Japan

電撃文庫　https://dengekibunko.jp/

電撃文庫創刊に際して

文庫は、我が国にとどまらず、世界の書籍の流れのなかで〝小さな巨人〟としての地位を築いてきた。古今東西の名著を、廉価で手に入りやすい形で提供してきたからこそ、人は文庫を自分の師として、また青春の想い出として、語りついできたのである。

その源を、文化的にはドイツのレクラム文庫に求めるにせよ、規模の上でイギリスのペンギンブックスに求めるにせよ、いま文庫は知識人の層の多様化に従って、ますますその意義を大きくしていると言ってよい。

文庫出版の意味するものは、激動の現代のみならず将来にわたって、大きくなることはあっても、小さくなることはないだろう。

「電撃文庫」は、そのように多様化した対象に応え、歴史に耐えうる作品を収録するのはもちろん、新しい世紀を迎えるにあたって、既成の枠をこえる新鮮で強烈なアイ・オープナーたりたい。

その特異さ故に、この存在は、かつて文庫がはじめて出版世界に登場したときと、同じ戸惑いを読書人に与えるかもしれない。

しかし、〈Changing Times,Changing Publishing〉時代は変わって、出版も変わる。時を重ねるなかで、精神の糧として、心の一隅を占めるものとして、次なる文化の担い手の若者たちに確かな評価を得られると信じて、ここに「電撃文庫」を出版する。

1993年6月10日
角川歴彦